Johann Wilhelm Christian Steiner

Zur Geschichte Ludwigs I., Großherzogs von Hessen und bei Rhein

Supplement mit sechs urkundlichen Anlagen zu der i. J. 1842 erschienenen Biographie dieses Regenten

Johann Wilhelm Christian Steiner

Zur Geschichte Ludwigs I., Großherzogs von Hessen und bei Rhein
Supplement mit sechs urkundlichen Anlagen zu der i. J. 1842 erschienenen Biographie dieses Regenten

ISBN/EAN: 9783743476936

Hergestellt in Europa, USA, Kanada, Australien, Japan

Cover: Foto ©Raphael Reischuk / pixelio.de

Weitere Bücher finden Sie auf **www.hansebooks.com**

Zur Geschichte

Ludewigs I.,

Großherzogs von Hessen und bei Rhein.

Supplement mit sechs urkundlichen Anlagen zu der i. J. 1842 erschienenen Biographie dieses Regenten

von

Hofrath Dr. jur. et philos. **Steiner**,
Historiographen des großh. hessischen Hauses und Landes, Ritter erster Klasse des großh. hess. Philippsordens, Inhaber der k. k. österreichischen goldenen Gelehrten-Verdienst-Medaille, der k. preußischen, der k. schwedischen und der k. bayerischen goldenen Verdienstmedaillen für Kunst und Wissenschaft, Mitglied der k. Akademie der Wissenschaften zu München ꝛc.

Darmstadt, 1866.
Auf Kosten und im Verlage des Verfassers.

Ihren Kaiserlichen Majestäten

Alexander II. u. Maria Alexandrowna
Kaiser   Kaiserin

von Rußland

widmet diese Schrift

zur Feier Allerhöchst Ihres fünfundzwanzigjährigen
Vermählungsfestes

den 28. April 1866

glückwünschend in tiefster Verehrung

der Verfasser.

Denkmal

der Erinnerung

an die Einverleibung der Provinz Rheinhessen mit dem Großherzogthum Hessen und bei Rhein

durch Patent vom 8. Juli 1816*)

Ludewigs I.,
Großherzogs von Hessen und bei Rhein.

---

*) Siehe 1. Theil S. 181 den Inhalt dieses historisch merkwürdigen Patents.

Vorrede

mit Prospekt zur Herausgabe eines Quellenwerkes
historischer Zeitungsartikel.

Die vorliegende Schrift enthält theils Elaborate des Verfassers (§§. 1, 2, 3, 4), theils urkundliche Quellen (s. Anlagen 1, 2, 3, 4, 5, 6).

Der Nutzen, welchen das künftige Erscheinen eines nach Inhalt und Form bis jetzt noch nicht dagewesenen Quellenwerks „historischer Zeitungsartikel" für die Geschichtschreibung bringen wird, gab hier die Veranlassung zur Mittheilung des Letzteren in ihrer Ursprünglichkeit (Anl. 1, 2, 3, 4, 5, 6), statt mehrer darnach verfaßten Aufsätze, und lassen wir nunmehr dem, unten in der Vorrede zu Bearbeitung eines solches Werkes mitgetheilten, Plane einige Vorbemerkungen sowohl bezüglich auf die Biographie Ludewigs I., als auch hinsichtlich der hessischen Geschichte überhaupt, vorangehen.

In des Verfassers Geschichte Ludwigs II., Großherzogs von Hessen und bei Rhein, wurde gezeigt, wie sich unter dessen Regierung an die in weiten Kreisen des In- und Auslandes bewunderten großartigen Reformen seines weisen Vaters Ludewigs I. im Geiste derselben vorzügliche Institutionen gereiht haben, welche durch einen Akt der

Pietät und des Dankes genannten Regierungsnachfolgers und seines Volkes bei der am 25. August 1844 abgehaltenen Feier der Statue-Enthüllung des schönen Ludewigs-Monuments zu Darmstadt des für Ludewig I. und für alle im Geiste seiner Reformen wirkenden Regierungsnachfolger vom Himmel erflehten Segens theilhaftig wurden, und es allezeit in Zukunft sein werden.

Wie mit gleicher Consequenz unter der Regierung S. K. Hoh. des Großherzogs Ludwig III. in den innern und äußern Angelegenheiten zeitgemäßer Entwickelungen des Staates auf Grund jener Reformen fortgefahren wird, zeigt unter Anderm das reiche Material aller Arten urkundlicher Schöpfungen, deren geschichtliche Bearbeitung jedoch am zweckmäßigsten erst dann geschehen dürfte, wenn das genannte, im Plane des Verfassers liegende Quellenwerk, als ein wichtiger Theil dieser urkundlichen Schöpfungen, zu Stande gebracht sein wird.

Aus diesem besonderen Material entnehmen wir vorläufig, ohne das Erscheinen genannten Werkes abzuwarten, die zur Geschichte Ludewigs I., mithin zu diesem Supplement gehörigen, in 22 Zeitungsartikeln befindlichen, Beschreibungen der feierlichen Akte, durch welche, wie unter Ludwigs II. so unter der Regierung Ludwigs III. KK. HH. bis jetzt geschehen ist, Fürsten und Volk ihren Dank, ihre Pietät gegen den großen Gründer ausgedrückt haben.

Alle diese Artikel haben wir daher aus den in bändereichen Zeitungen befindlichen, für den Leser so unbequemen Zerstreuung ihrem ganzem Inhalte nach, mit einleitenden Worten aneinandergereiht, hier mitgetheilt, um sie in objectiv gesammelter Ordnung so besser, als es in den Zeitungen geschehen konnte, der Vergessenheit zu entziehen.

Die Nützlichkeit des vorliegenden Falles, den wie gesagt in 22 Zeitungsartikeln besprochenen historischen Gegenstand in einer Sammlung derselben (statt in einer daraus frei bearbeiteten Erzählung) darzustellen, ist es aber nicht allein, dieses Verfahren zu rechtfertigen. Die vorliegende kleine Sammlung soll auch als Probe theilweise den Plan versinnlichen, nach welchem das oben angeführte große Sammelwerk zu bearbeiten wäre. Das dahin gehörige, bisher nur unvollständig benutzte Material sind die oben erwähnten, nunmehr hier näher zu betrachtenden historischen Zeitungsartikel, b. i. diejenigen für Zeitungen, Unterhaltungsblätter ꝛc. geschriebenen Aufsätze, welche sich unter den der Tagespolitik gewidmeten Artikeln separat befinden und nach der in dieser Schrift befindlichen Auswahl und Probe über allerlei hessische Zustände und Begebenheiten auf offiziellem oder offiziösem Wege zuverlässige Nachrichten geben, oder aus den privaten Wahrnehmungen referirender Beobachter glaubhaft hervorgehen.

In dieser Publikationsweise erscheint jedoch das genannte Material nur bei seinem ersten Erscheinen im Interesse der Besprechung vorliegender Zeitfragen oder rücksichtlich der Neuheit irgend einer bemerkenswerthen Begebenheit in den Augen des Publikums anregend, später aber allmälig darin als ein unbeachtet stillliegendes, ja noch mehr, als ein so gut wie nicht vorhandenes, einestheils, weil es in dem Kreise seiner Leser nach und nach in Vergessenheit geräth und dabei die meisten Zeitungs-Exemplare den Weg der Makulatur wandern, anderntheils, weil es in den wenigen offiziell aufbewahrten oft voluminösen Bänden sehr zerstreut vorkommt, wodurch für den Historiker der Gebrauch erschwert, ja mitunter fast unmöglich gemacht wird, namentlich wenn er im sachlichen Zusammenhange nach Material sucht.

Um diesem Mangel abzuhelfen, bedarf es eines Sammelwerkes, worin diese zerstreuten Artikel mit einer für die Geschichte speciell nützlichen und sachkundigen Auswahl wie gesagt nach den in vorliegender Schrift befindlichen Proben, in chronologischer Ordnung ihrem ganzen Inhalte nach unter Angabe der Blätter, worin sie stehen, und der Namen ihrer Verfasser eingetragen, und was dabei als wesentlicher Nutzen erscheint, durch mehrfach zergliedernde Register (in der Weise, wie es in meinem Codex inscriptionum romanarum Danubii et Rheni geschah), der Sachen mit ihren Unterabtheilungen, der Personen- und Ortsnamen (welchen etwa noch ein Register für die Angabe der Quellen und ihrer Verfasser beigegeben werden könnte) je nach den Zielen historischer Studien dafür zugänglich gemacht werden.

Dieses nach Form und Inhalt der Chronik gleiche Werk, welches unter dem Titel: „Sammlung historischer Zeitungsartikel des Großherzogthums Hessen" zu publiciren wäre, würde mit dem Jahre 1777 beginnen (in welchem die erste Zeitung unseres Landes, die heutige Darmstädter Zeitung gegründet ward) und sich sofort über alle andern seit dem bis jetzt successiv erschienenen Zeitungen, Local- und Unterhaltungsblätter verbreitete. Selbstverständlich müßten von dieser in Vorschlag gebrachten Sammlung jene Zeitschriften ausgenommen werden, welche ausschließlich nur für bestimmte Gegenstände, z. B. für Geschichte, Statistik ꝛc. bestehen, ebenso die Gesetz- und Verordnungs-

ſammlungen, die geſammelten gedruckten Landtagsverhand=
lungen, weil bei allen dieſen Das, was als mangelhafte
Benutzung der hiſtoriſchen Zeitungsartikel gefühlt wird,
hinwegfällt. Daß bei dieſer neuen literariſchen Unterneh=
mung die bisherige Publikationsweiſe genannter Artikel
im oben angemerkten Intereſſe des Leſepublikums ferner
nothwendig bleibt, verſteht ſich auch hier von ſelbſt. Das
hiſtoriſche Sammelwerk aber wird dabei fortfahren, ſich
daraus periodiſch zu ergänzen, und neben dem Nutzen,
welcher damit für Geſchichtſtudien beabſichtigt wird, auch
den eines Leſebuchs gewähren, worin dem Leſer die ſehr
oft mit Geſchmack und Kenntniß geſchriebenen Aufſätze
mannichfach intereſſanten Inhalts begegnen, wobei der
Leſegenuß leicht durch Zuſammenſtellung des Gleichartigen
mittels des Sachregiſters (wie es in dieſem Supplemente
vorläufig auf andere Weiſe Anlage 1, 2, 3, 4 geſchah)
erhöht werden kann. In dieſem Nebennutzen der Samm=
lung hiſtoriſcher Zeitungsartikel liegt der Grund einer
bei ihr ſich als unzweckmäßig und unzureichend zeigenden
Anwendung der Regeſten, welche ein ganz anderes Material
vorausſetzen, wie wir aus einem vortrefflichen Muſter
erſehen: den Regeſten gedruckter Urkunden zur Orts= und
Landesgeſchichte des Großherzogthums Heſſen, bearbeitet
von Pfarrer Dr. Eduard Scribe, worin dieſer leider für
die Wiſſenſchaft nur zu frühe verſtorbene gelehrte und
fleißige Verfaſſer die in 436 größeren und kleineren Ur=
kundenwerken, Monographien ꝛc. zerſtreut befindlichen ge=
druckten Quellen, an der Zahl 14,364, mit ſicher forſchender
Wahrnehmung des Weſentlichen ihres Inhalts in vier
Quartbänden und einem Generalregiſterheft für hiſtoriſche
Studien zugänglich gemacht und zum Abſchluſſe gebracht

hat, wie benn auch der verstorbene Professor G. A. Hoof zu Mainz ein gleiches Werk unter dem Titel: „Repertorium diplomatum et notitiarum res Moguntinas Palatinatus, Rhenani, Saxoniae, Thuringiae, Hassiae, Nassoviae, terrarum Brunsvicensium illustrantes" verfaßt und i. J. 1804 auf Subscription angekündigt hat. Der Tod dieses verdienten und fleißigen Gelehrten verhinderte das Erscheinen dieses im Manuskript noch vorhandenen werthvollen Werkes, welches sich im Besitze des verstorbenen Geh. Regierungsrathes Harby zu Darmstadt befand. Nach dem vorliegenden gedruckten Prospekte des genannten Verfassers enthält es weit über 34,000 Regestennummern.

Das Vorstehende wird lehren, daß die künftige Sammlung genannter Art als ein ganz neues schätzbares Quellenwerk den bis jetzt erschienenen andern über mittelalterliche Urkunden, Chroniken, alte Geschichtschreiber 2c. beizuzählen ist. Der Anfang bei uns in Hessen wird in andern deutschen Ländern Nachfolge finden, eine Sammlung wird die andern verschiedener Staaten in verwandten Begebenheiten und Zuständen illustriren und die Aufmerksamkeit der Herausgeber der Monumenta Germania auch auf diesen Gegenstand lenken.

Ist die Sache zwar mit dem Erscheinen der Zeitungen (Theidinge, Theidungen, englisch titings, d. i. Begebenheiten, geschehene Dinge) seit etwa 300 und folgende Jahre (beziehungsweise nach Ländern für die Jahre ihres Anfangs verschieben, z. B. den nürnberger Relationen 1577, des Frankfurter Journals 1615 2c.) schon sehr alt und längst bekannt, so wird sie doch nur allein durch die vorgeschlagene Benutzungsweise des fraglichen Materials erst von da an als neu erscheinen, und damit die Oberflächlichkeit deutlich eingesehen werden, womit man bisher dieses zerstreute Material benutzen zu können glaubte.

Was das Material betrifft, welches sich in den vor neun Jahren auf Befehl S. K. H. des Großherzogs Ludwig III. von Hessen, des hohen Kenners und Beförderers vaterländischer Geschichte eingeführten und wie wir vernehmen, fleißig bearbeiteten Ortschroniken nach und nach sehr anhäufen wird, so ist es seinem Inhalte nach dem der historischen Zeitungsartikel ganz gleich, und würde man sich daher, um es aus seiner unfruchtbaren Zerstreuung besonders für Studien allgemein sachlicher Gesichtspunkte und Parthien der Geschichte zugänglich zu machen, hier derselben Mittel bedienen können, wie wir sie bei den historischen Zeitungsartikeln namhaft gemacht haben. Erst von da an tritt eine danach gefertigte Sammlung, wie jene der historischen Zeitungsartikel, in die Reihe wahrhaft nutzbarer Quellenwerke.

Darmstadt, im März 1866.

Der Verfasser.

Inhaltsverzeichniß.

§. 1. Festlichkeiten bei der Geburt des Erbprinzen Ludewig. Verschiedene Nachrichten aus seiner Jugendzeit, insbesondere dessen Confirmation. Die beiden fürstlichen Familien und Höfe der Landgräfin Caroline und des Landgrafen Georg zu Darmstadt Der landgräfliche Hof zu Kranichstein. S. 1.

§. 2. Erbprinz Ludewigs Anstellung als Oberst in der Armee der vereinigten Niederlande von 1770 bis 1773. S. 13.

§. 3. Landgraf Ludewigs X. (nachherigen Großherzogs Ludewigs I.) Einzug in Buchsweiler am 27. Mai 1790. Beschreibung der herrschaftlichen Gebäude und Anlagen daselbst. S. 16.

§. 4. Landgraf Ludewig X. (nachheriger Großherzog Ludewig I.) zur Zeit der, Seitens deutscher Alliirten im Jahre 1793 unternommenen viermonatlichen Belagerung und im Juli d. J. erfolgten Einnahme der Festung Mainz vom 5. Mai bis 24. Juli im hessen-darmstädtischen Lager bei Finthen. Sein Enkel, Großherzog Ludwig III., Königliche Hoheit, läßt zum Andenken daran auf der Stelle des innerhalb der Lagerstätte daselbst befindlich gewesenen landgräflichen Kriegszeltes am 10. October 1858 ein Monument errichten. S. 21.

Urkundliche Anlage 1. Theilnahme an den Kriegen gegen und für Frankreich von 1792 bis 1815. S. 34.

Anlage 2. Die Feier des hundertjährigen Geburtstages Ludewigs I. am 14. Juni 1853. S. 54.

Anlage 3. Die Feier der 50. Wiederkehr des Jahrestages (18. Aug. 1806), an welchem Ludewig I. die Treue und Tapferkeit seiner Truppen durch Ehren-Benennungen belohnte. 18. August 1856. S 81.

Anlage 4. Die Feier des 50jährigen Bestehens des Großherzoglichen 2. Infanterie-Regiments zu Friedberg am 17. Juni 1863. S. 92.

Anlage 5. Die Feier des 50jährigen Jubiläums der Fahnenweihe des großh. 4. Infanterieregiments bezüglich auf diesem Regimente bei seiner Neubildung den 31. Juli 1814 von Ludewig I. verliehenen neuen Fahnen. S. 100.

Anlage 6. Die Ludwigshöhe bei Darmstadt. S. 102.

§. 1.

Festlichkeiten bei der Geburt des Erbprinzen Ludewig. Verschiedene Nachrichten aus seiner Jugendzeit, insbesondere dessen Confirmation. Die beiden fürstlichen Familien und Höfe der Landgräfin Caroline und des Landgrafen Georg zu Darmstadt Der landgräfliche Hof zu Kranichstein.

Bei der Geburt des Großherzogs Ludewig I. am 14. Juni 1753 zu Prenzlau fanden außer den im ersten Theile seiner Biographie S. 25 ꝛc. beschriebenen Feierlichkeiten auch noch zwei andere (daselbst nicht angeführte) statt: — die eine am großväterlichen Hofe zu Kranichstein, diesem zu Wald- und Jagdlust einladenden anmuthigen Lieblingssitze Landgraf Ludwigs VIII., und die andere auf dem Exercirplatze der Garde Dragons, welcher östlich von Arheilgen auf einer nach dem Walde zu befindlichen großen Fläche bei dem Forsthause Kalkofen lag, wohin von Kranichstein aus eine von der Schießschneiße durchkreuzte Schneiße zog, die noch jetzt besteht und urkundlich die „Dragonerschneiße" genannt wird.

Zu dieser doppelt örtlichen Feierlichkeit ward der 21. Juni 1753 (der siebente Tag nach der Geburt des Prinzen) bestimmt.

Gleichwie an diesem Tage in allen Kirchen Dankgebete und fromme Wünsche zum Himmel emporstiegen und sich deßhalb überall im Lande eine freudige Stimmung kundgab (besonders nach beendigtem Gottesdienste in Darmstadts Wirthshäusern unter den daselbst zahlreich versammelten Bürgern und der zur Theilnahme am Feste daselbst angekommenen Bewohner nächstgelegener Orte des Odenwaldes und Riebs), so ward auch zur Erhöhung der religiösen Feier dieses denkwürdigen Tages auf dem oben beschriebenen Exercirplatze bei Arheilgen ein militärischer Feldgottesdienst abgehalten, wozu der Landgraf sein schönes, damals unter dem Commando des Oberst Hofmann stehendes Reiterregiment Garde Dragons aus dessen Cantonirungen in den Centen Pfungstadt und Arheilgen an jenen Versammlungsort heranziehen ließ.

Wenn wir überhaupt bei einer jeden selbst noch im Keime ruhenden dereinstigen menschlichen Größe schon da bei ihrem Entstehen jede auf sie bezüglichen Lebensverhältnisse mit erhöhtem Interesse nach allen ihren detaillirten Richtungen gerne in den Kreis unserer Wahrnehmungen ziehen und daran mit dem Reize der Phantasie ahndungsvolle angenehme Erinnerungen knüpfen, so gebührt es sich, an der Wiege dieses Prinzen, des nachherigen großen Ludwigs I., ein Gleiches mit demselben Interesse zu thun, und wollen daher vorerst eine Beschreibung dieses durch die an jenem Tage ihm zu Theil gewordene ehrenvolle Bestimmung in der Erinnerung lebenden Regiments hier einfließen lassen.

Es ward im Jahre 1731 unter der Regierung des Landgrafen Ernst Ludwig neu errichtet, und hierzu das vorher aufgehobene bisherige Corps der Grenadiers à Cheval verwendet. Die Uniform bestand aus dunkelblauen Röcken mit rothen Aufschlägen und Hüten. In drei Compagnien (Schwadronen) abgetheilt, zählte es 300 Mann. Oberst von Steinling war zur Zeit der Errichtung sein Commandeur. Landgraf Ludwig VIII. gab ihm hierauf bei seinem Regierungsantritte, 12. September 1743, die nemliche Uniform, welche das ihm von der Kaiserin Maria

Theresia verliehene österreichische Dragonerregiment trug, weiß und roth, und erklärte es zum Leibregiment. Bis 1747 zählte es 12 Offiziere, 3 Wachtmeister, 3 Quartiermeister, 3 Feldscheerer, 15 Corporale, 1 Pauker, 10 Hautboisten, 2 Regimentstambouren, 6 Tamboure, 1 Fahnenschmied, 1 Profoß, 277 gemeine Reiter mit Einschluß der Offiziersbedienten. Mit dem Beginn des Jahres 1748 errichtete der Landgraf noch eine vierte Compagnie dazu, wodurch sich der Bestand auf folgende Ziffern der Chargen erhöhte: 15 Offiziere, 4 Wachtmeister, 4 Quartiermeister, 4 Feldscheerer, 20 Corporale, 8 Tamboure und 240 gemeine Reiter. Die übrigen Chargen blieben für das Ganze des Regiments in ihrem vorherigen Bestande. Die Stärke desselben betrug nunmehr 410 Mann zusammen. Die vier Compagnien erhielten damals folgende Benennungen: 1. Compagnie Leibcompagnie, 2. Comp. Oberst Hofmann, 3. Comp. Oberstlieutenant von Kitscher, 4. Comp. Major von Köller. — Einer veränderten Benennung wird im Jahre 1755 erwähnt: 1. Comp. Leibcompagnie, 2. Comp. Generalmajor Hofmann (vorher Oberst), 3. Comp. Oberst v. Kitscher (vorher Oberstlieutenant), 4. Comp. Major von Eichstädt, an Stelle des Majors von Köller. Der Stab des Regiments befand sich zu Griesheim und bei den jährlichen Herbstmanövern campirte es mit dem übrigen Militär abwechselnd auf den Plänen zwischen Pfungstadt und Eberstadt, oder zwischen Griesheim und Eschollbrücken. Für besondere Exercitien und Versammlungen war der oben beschriebene Exercirplatz bei Arheilgen bestimmt, wovon aus es bei diesen Gelegenheiten, oder wenn man zu Kranichstein Festlichkeiten veranstaltet hatte, in dem

Zeughause daselbst einlogirt worden ist; von daher datirt
der Name oben erwähnter Dragonerschneiße.

Nach den Erzählungen des (zur Zeit der Geburt des
Erbprinzen Ludewig) zu Kranichstein als Zeugmeister an=
gestellt gewesenen Moritz Lichthammer, Großvaters mütter=
licher Seits des Verfassers, wie er sie seinen Kindern und
unter denselben meiner Mutter, der Ehegattin des Steuer=
peräquator Steiner, oft mitgetheilt hat, bestand dieses
Regiment aus schönen stattlichen Leuten mit doppelter
Uniform, die eine für den Staat, die andere für den
gewöhnlichen Dienst; sie bezogen erhöhten Sold und ritten
prächtige Pferde. Das Offiziercorps war ausgezeichnet durch
Stand und Bildung ausgewählter Männer. Als, erzählte
Lichthammer weiter, nach beendigtem Feldgottesdienste bei
Arheilgen vor der Fronte des Regiments, bei welcher der
Feldprediger Hohenschild die Rede hielt,*) dasselbe in

---

*) Diese Rede ist nach Strieder, hess. Gel. Gesch. VI, 87 unter
dem Titel: „Dankrede wegen der Geburt eines Prinzen von Hessen-
Darmstadt, gehalten den 21. Juni 1753 vor dem Regimente Garde
Dragons in dem Campement bei Arheilgen. Frankfurt 1753", im
Druck erschienen und wurde in der kritischen Sylphe von 1754,
S. 154 recensirt. Ihr Verfasser, G. Ludwig Hohenschild, geboren
1725 zu Eberstadt, war der Sohn des Erbleihmüllers Joh. Heinrich
Hohenschild. Er besuchte das Gymnasium zu Darmstadt, bezog
1741 die Universität Jena, ertheilte nach vollendetem theologischem
Studium Privatunterricht in Darmstadt, wurde 1751 als Feldprediger bei dem Leibregiment Garde Dragons, 1755 als Garnisonsprediger zu Darmstadt angestellt, erhielt hierauf 1761 die Burg- und
Stadtpredigerstelle zu Gießen und kehrte von da 1770 nach Darmstadt zurück, wo er Anfangs als Consistorial-Assessor, später seit 1774
als wirklicher Consistorialrath und Assessor des Definitoriums lebte
und 1783 starb. Er hinterließ zwei Söhne, von welchen noch Nachkommen leben.

seine Quartiere zurückmarschirte, wurde deſſen Muſik mit einer Ehrenwache nach Kranichſtein befohlen, wohin auch die Offiziere zur Tafel Einladung erhalten hatten. Die Hautboiſten der den Dienſt im Schloſſe Kranichſtein ſtändig verſehenden Leibgardegrenadiere (uniformirt in weiß und roth mit Bärenmützen) und die Waldhorniſten der Jäger ſpielten während der Tafel, an der auch noch die Stabs=Offiziere des Leibgrenadiercorps, der Leibgarde zu Pferd, des Regiments Erbprinz und viele Forſt= und Jagdbeamten Antheil genommen hatten, abwechſelnd unten im Schloßhofe vor einem zahlreich verſammelten Publikum, dem der Zutritt in bekannt leutſeliger Weiſe von dem Landgrafen geſtattet war. Gegen Abend fuhr er nach Darmſtadt in das Opernhaus, wohin ihm die eingeladenen Gäſte nachfolgten, um einer Vorſtellung daſelbſt beizu= wohnen. So weit Lichthammer. Welches Stück damals gegeben wurde, konnten wir nicht erfahren, da ſich hierüber weder in den Acten der Großh. Hoftheater= und Muſik= Direction und des Grhl. Cabinets=Archivs, noch in dem Grhl. Hof= und Staatsarchiv und der Grhl. Cabinetsbibliothek etwas vorfindet.

Das Garde Dragons - Regiment, welches an jenem feſtlichen Tage paradirte, überdauerte in ſeiner Exiſtenz nur die Zeit der Regierung ſeines ihm gewogenen Kriegs= herrn Ludwig VIII., und es fällt nur dahin die kurze Periode ſeines Glanzes. Landgraf Ludwig IX. hob es bei ſeinem Regierungsantritte auf und vertheilte die Mannſchaft unter die Infanterie, welche er bekanntlich ſehr begünſtigte und zu einem hohen Grade der Tüchtig= keit heranbildete.

Das im Anfange der Regierung Ludewigs I. 1794 neu errichtete Garde Chevauxlegers - Regiment kann in der Beziehung als Nachfolger der Garde Dragons angesehen werden, als neben den zwei kleinen Corps der Leibgarde zu Pferd und den Husaren, welche unter Ludwig IX. allein fortbestanden haben, nunmehr unter Ludewig I. ein gleich großes drittes Cavalleriecorps (die Garde Chevauxlegers) errichtet worden ist, wie schon unter Ernst Ludwig und Ludwig VIII. ein drittes unter dem Namen Garde Dragons bestanden hat, ein System der Dreizahl im Cavalleriedienste überhaupt, wie es noch jetzt besteht, und blos unter Ludwig IX. nicht beobachtet wurde. Die gegenwärtige Dreizahl ist folgende: Garde-Unteroffiziers-Compagnie, Garde Chevauxlegers als erstes Regiment der Reiterbrigade, die berittene Abtheilung des Gensdarmerie-Corps.

Bezüglich auf die Erziehung des Prinzen Ludewig richten wir unseren Blick nunmehr auf die noch nicht beantwortete und als Lücke in der Geschichte bisher gestandene Frage: „wo, wann und von welchem Geistlichen er confirmirt worden ist?" Die Entdeckung der unten Note *) angezeigten Confirmationsrede gibt jetzt hierüber befriedigenden Aufschluß, denn der Titel dieser Rede sagt: daß dieselbe am 22. Februar 1769 zu Darmstadt öffentlich (d. i. in der Schloßkirche oder in einem Saale des Schlosses daselbst) von dem Hofprediger Duvrier ertheilt worden sei. Dieses geschah, als der Prinz 15 Jahre 8 Monat alt war.

---

*) Diese Rede ist nach Strieder, Hess. Gel. Gesch. X, 210 unter dem Titel: "Glaubensbekenntniß Sr. Durchl. des Herrn Erbprinzen von Hessen-Darmstadt, welches derselbe am 22. Febr. 1769 öffentlich

Indem wir bedauern, unseren Lesern den Inhalt dieser Rede, welche wir bis jetzt aufzufinden vergebens bemüht waren, nicht mittheilen und daran besondere, auf die Bildung des Prinzen bezügliche Notizen reihen zu können, müssen wir uns begnügen, blos einige andere aus jener Zeit seiner Jugend bei dieser Gelegenheit mitzutheilen.

Als die Landgräfin Caroline, Ludwigs IX. treffliche und berühmte Gemahlin im J. 1766 ihr reizendes aber sehr einsames Buchsweiler (s. unten §. 3) verlassen hatte, bezog sie mit ihren 8 Kindern, unter welchen das älteste, die Prinzessin Caroline, damals 20 und das jüngste, der Prinz Christian, 3 Jahre alt waren, das seit des Landgrafen Ernst Ludwigs Tod unbewohnt gebliebene Residenzschloß zu Darmstadt. Durch diese Veränderung stand nun diese Familie dem großväterlichen Hofe zu Kranichstein und jenem des Landgrafen Georg zu Darmstadt, dessen Familienkreis damals 8 Kinder zählte, unter welchen das älteste, Prinz Ludwig Georg 17 und das jüngste, Prinzessin Auguste 1 Jahr alt war, auf angenehme und verwandt-

---

ablegte, nebst der dabei gehaltenen Rede», zu Berlin 1771 im Drucke erschienen und wurde in dem göttingischen gel. Anzeiger 1772 Nr. 125, S. 1104, und in der Leipziger gel. Zeitung 1773 Nr. 30, S. 137 recensirt. Ihr Verfasser Ludwig Benjamin Ouvrier war geboren 1735 zu Prenzlau, ertheilte daselbst nach vollendetem theologischem Studium Anfangs Privatunterricht und kam von hier im J. 1760 als Cabinetsprediger an den erbprinzlichen Hof (des nachherigen Landgrafen Ludwig IX.) nach Pirmasens, wo er den Kindern des Erbprinzen Unterricht ertheilte. Im Jahre 1767 wurde er als Hofprediger nach Darmstadt und 1772 als Professor, Superintendent, Burg- und Garnisonsprediger nach Gießen versetzt' wo er 1792 starb und Kinder hinterließ.

schaftlich innig zugeneigte Weise viel näher als vorher.
In diesem Geschwisterkinderkreise von 16 Gliedern, bei
welchem sich der interessante Fall ereignete, daß beide Gemah=
linnen Ludwigs IX. und seines Bruders Georg nach der
Zahl der Jahrgänge 1754, 1755, 1757, 1759 viermal
gleichzeitig in die Wochen kamen, nämlich Landgräfin
Caroline mit der Prinzessin Amalie Friederike und Land=
gräfin Georg mit dem Prinzen Georg Karl 1754, ferner
jene mit der Prinzessin Wilhelmine, diese mit der Prin=
zessin Charlotte 1755, jene mit der Prinzessin Louise, diese
mit dem Prinzen Karl Wilhelm Georg 1757, jene mit dem
Prinzen Friedrich, diese mit dem Prinzen Friedrich August
1759 — in diesem Kreise stand der 13jährige Erbprinz
Ludewig beiläufig in der Mitte des Alters der ältesten und
der jüngsten Kinder, gewiß nicht ahnend, daß die darin
befindliche damals 2jährige Cousine Louise einstens seine
Gemahlin sein werde; in diesem Kreise auch erblicken wir
den damals 75jährigen ehrwürdigen Großvater Ludwig VIII.
theils bei seinen öfteren Besuchen der Seinigen in Darm=
stadt, theils wenn letztere nach Kranichstein zu ländlichem
Vergnügen kamen, oder daselbst Festlichkeiten beiwohnten,
wobei jedoch der Erbprinz sich sehr gern, zuweilen in Be=
gleitung eines oder mehrer seiner Vetter zu Fuß nach
Kranichstein begaben, wo man ihn mit jugendlicher Mun=
terkeit und leutseligem Benehmen bei Jedermann, wie es
Zufall oder Gelegenheit gab, in lebhafter Unterhaltung
sah; dasselbe Benehmen wurde auch den anderen fürstlichen
Kindern nachgerühmt. Des Verfassers Mutter, wie bereits
oben erwähnt, die Tochter des Zeugmeisters Lichthammer
zu Kranichstein, erzählte ihren Kindern oft und ausführ=
lich von den „lieben guten so freundlichen Prinzen und

Prinzessinnen beider Familien", und betonte besonders die von ihr wahrgenommene Freude aller Bewohner Kranichsteins, wenn Nachrichten über dahin vorhabende Besuche derselben dort ankamen.

Darmstadt sah zu keiner Zeit, als gerade in den Jahren 1766 bis 1768 einen solch zahlreichen Kreis fürstlicher Kinder zweier Familien zusammen. Wenn wir zwar bei folgenden der Kinderzahl nach reich gesegneten Ehen: Georgs I. mit 11, Ludwig V. mit 12, Georgs II. mit 14 und Ludwigs VI. mit 16 Kindern wahrnehmen, daß in diesen Beziehungen die Ehen Ludwigs IX. und seines Bruders Georg übertroffen sind, so ist zu bemerken, daß jene Zahl durch Sterbfälle bei Lebzeiten der Eltern sehr vermindert (bei Ludwig VI. von 16 Kindern auf 10) wurde und daß auf die oben angegebene Art keine Vermehrung eines oder des andern der Familie genannter vier Regenten je stattgefunden hatte. Durch diese Wahrnehmung haben wir jedoch nur zwei Jahre gewonnen, denn auf die Freude dieses schönen aber nur zu kurzen Familienlebens folgte bei deren Ablauf eine betrübende Veränderung — das Hinscheiden des ehrwürdigen Familienhauptes Ludwigs VIII. am 17. October 1768 und in Folge dessen die öde Stille in den Räumen und Umgebungen des sonst so belebten, zu heiteren ungezwungenen Unterhaltungen einladenden Schlosses Kranichstein, wohin seitdem nur selten und blos in kleiner Gesellschaft Ausflüge gemacht worden, namentlich von Seiten des Erbprinzen Ludewig auf die bisherige Weise.

Während der nunmehr folgenden siebenjährigen Periode seiner Abwesenheit von Darmstadt studirte er von dem Herbste 1769 an 2 Jahre zu Leyden, befand sich 1772 auf

Reisen, von 1773 bis 1775 im russischen Militärdienste und 1776 bis zum Herbste dieses Jahres auf Besuch an dem Hofe seines Schwagers und Freundes, des Herzogs von Weimar. Ist diese Periode rücksichtlich der Erfahrungen und Kenntnisse Ludewigs, welche er sich während derselben reichlich erworben hatte, für seine Biographie (wie wir im ersten Theil nachzuweisen beflissen waren) von großem Interesse, so ist sie es auch hinsichtlich der Vermählungen seiner fünf Schwestern, nemlich der Caroline mit dem Landgrafen von Hessen-Homburg Carl Ludwig 1768, ein Jahr vor des Erbprinzen Abreise, ferner der Friederike Louise mit dem nachherigen König Friedrich Wilhelm II. von Preußen 1769, der Wilhelmine mit dem Großfürsten Paul 1773, der Amalie Friederike mit dem Erbprinzen Ludwig von Baden 1774, der Louise mit dem Herzog Karl August von Weimar 1776, sowie seines Geschwisterkindes Friederike Caroline mit dem Herzog Karl Ludwig von Mecklenburg-Strelitz 1768, welchen sechs Vermählungen aus dem regierenden Hause Hessen-Darmstadt seit des Erbprinzen Zurückkehr nach Darmstadt 1776, noch drei aus der Familie des Landgrafen Georg nachfolgten, nemlich der Prinzessin Louise mit dem Erbprinzen Ludewig 1777, der Prinzessin Charlotte mit dem Herzog Karl Ludwig von Mecklenburg-Strelitz in zweiter Ehe 1784 und der Prinzessin Auguste mit dem Herzog Maximilian, nachherigen König von Bayern 1783.

Das vorbemerkte Interesse, welches sich an diese neun Vermählungen reiht, bezieht sich als eine geschichtliche Merkwürdigkeit auf die dadurch begründete weitverzweigte Verwandtschaft des Hessen-Darmstädtischen Hauses mit vielen Regentenhäusern, wie sie der Verfasser in seiner

Schrift: „Die Verwandtschaften des Großh. Heff. Hauses mit 23 regierenden Häusern 1862" dargestellt hat. Von anderer Seite betrachtet, ist sie nicht das Ergebniß des Zufalls oder politischer Berechnung, sondern des Einflusses einer vortrefflichen Erziehung, welche zwei berühmte Mütter auf ihre Töchter verwendet und hiermit den weitverbreiteten Ruf reicher edlen Vorzüge derselben begründet hatten.

Den durch diese Vermählungen bedeutend erweiterten Familienkreis traf aber auch jetzt wieder seit Ludwig VIII. Tod (17. Oct. 1768), sechs Jahre nachher, den 30. März 1774 eine betrübende Veränderung — das Ableben der Landgräfin Caroline im letztgenannten Jahre, womit deren Hof einging und ihre jüngeren Kinder nach Pirmasens oder zu anderer Bestimmung Darmstadt verließen. Erst drei Jahre nachher im Jahre 1777, bei der Vermählung Ludewigs I., wurde er im Schlosse erneuert, wonach also seitdem wieder zwei Höfe in Darmstadt existirten, über deren Bestand, Wirken und nützlichen Einfluß auf Darmstadts Bewohner wir im 1. Theil, S. 33 ff., ausführliche Nachrichten mitgetheilt haben.

Das Andenken an diese wahrhaft tugendreiche Fürstin wird nimmer erlöschen.*) Hierzu hat der Verfasser an seinem 81. Geburtstage (1866) folgenden poetischen Versuch gefertigt, welchen er jedoch nur auf den Rath sachkundiger Bekannten hier mittheilt.

---

*) Dr. Steiner, Caroline, Landgräfin von Hessen-Darmstadt. Programm zur Vermählungsfeier des Großfürsten Alexander von Rußland mit der Großfürstin Marie Alexandrowna ꝛc. ꝛc. 1841.

Die Nachtigall am Grabe der Landgräfin Caroline im
Schloßgarten zu Darmstadt.

Nachtigall

(mit sich sprechend und allein).
Ich wohne so gerne im stillen Hain,
In der Bäume dunklem Grün,
Es weht hier der Zephyr so sanft, so rein,
(etwas einhaltend und dann zu einem vorübergehenden Wanderer sich
wendend):
Du lieber Wandrer wohin?

Wandrer.

Ich will an das Grab Carolinens geh'n,
Wohin mich der Pfad oft lenkt,
Will empfinden dort ihres Geistes Weh'n,
Den Blick in ihr Thun versenkt.

Nachtigall.

Hier ist ja mein Nestchen still verborgen,
Gesichert am heil'gen Ort,
Spät des Abends und am frühen Morgen
Singe ich mein Liedchen dort.

Wandrer.

Zu deuten deinen göttlichen Gesang
An diesem heil'gen Ort,
Fühl' ich wohl den tief innersten Drang,
Dem G'fühl fehlt jedoch das Wort.

Nachtigall.

Der Schöpfer verlieh' mir des Sanges Gab',
Dazu auch die der Deutung,
Drum merke hier an dem fürstlichen Grab
Dreifachen Sinnes Ableitung.

Die Klagetöne, so tief aus der Brust,
　　Verkünden den herben Schmerz,
Zeigen auf Erden den großen Verlust
　　Der Fürstin von edlem Herz.

Wend' ich meinen Blick nach Oben hin,
　　Wo sie wohnt bei dem lieben Gott,
So verkündet mein Lied mit frommem Sinn,
　　Triumph! es gibt keinen Tod.

Er lehret, daß ihr unsterblicher Geist
　　Verklärt herab tröstend blickt,
Daß sie all' ihre Lieben glücklich preißt,
　　Von Erden zu ihr entrückt.

Meines Liedes dritte Bedeutung gilt
　　Der Liebe zu Gattin und Kindern,
Wie schmelzend und lieblich, wie sanft und mild
　　Will's Muttersorgen lindern.

Und will den Wandrer zu solch' gleicher Lieb'
　　Begeistern und beleben,
Zeigt uns im Ursprung den göttlichen Trieb,
　　Regt an jed' edles Streben.

---

§. 2.
Erbprinz Ludewigs Anstellung als Oberst in der Armee der vereinigten Niederlande von 1770 bis 1773.

Während der Studienzeit des Erbprinzen zu Leyden von Herbst 1769 bis Herbst 1771 hatte sich sein Vater, Landgraf Ludwig IX., am 3. Juni 1770 an den damaligen Erbstatthalter der vereinigten Niederlande, Wilhelm II., Fürsten von Oranien und Nassau wegen gewünschter Anstellung seines Sohnes des. Erbprinzen Ludewig in der Armee jenes Staates brieflich gewendet und erhielt hierauf nach dem in der Geschichte Großherzogs Ludwig II, S. 124 ff. mitgetheilten Antwortschreiben des Erbstatthalters an den Landgrafen in zuvorkommender Weise die Zusage, „dem Erbprinzen alsbald ein Brevet als Obristen der Republique ertheilen und ihn mit einem Regimente, sobald eines vacant werde", versehen zu wollen.

Nach der uns durch hochgeneigte Vermittelung der hohen Königlich Niederländischen Bundestagsgesandtschaft zu Frankfurt a. M. zugekommenen abschriftlichen Urkunde ersehen wir, daß dieses alsbald geschehen und der Erbprinz seit dem 15. Juni 1770 die Stelle eines Oberst der Infanterie bekleidet hatte, sein Brevet also von diesem Tage datiren müsse, dessen Inhalt wir jedoch nicht kennen, indem die nachfolgende Urkunde vom 21. Juni 1770 als Eintrag in das Anstellungs-Protocollbuch der Periode von 1747 bis 1790 blos im Allgemeinen von dieser Dienstbekleidung spricht. Sie lautet wie folgt:

> Extract uit het Commissieboek-Titulair van de Raad van State der Vereenigde Nederlanden. Ao. 1747 tot. 1790.
>
> Commissie gedepecheerd vor Ludovicus Erfprince van Hessen - Darmstadt tot Collonel.

„Opacte van „Zynelloog- „heid van 15. „Juny 1770." Den 21. Juny 1770 commissie gedepescheert vor Zyne Furstelyke Doorlugtigheit den Heere Ludovicus Erf-prince van Hessen-Darmstadt tot Collonel van de Infanterye by de Troupen van den Staat, welke plaats hy al bediend heeft zedert 15. Juny 1770. Gevende hem etc. en voords alst Tit. formulier van de Commissie voor die by de Armee. Was geparapt. J. P. V. Boetzelaer en get. J. F. van Hees op do. eed gedaan.

Uebersetzt ins Deutsche:

Auszug aus dem Amtsdecretbuch des Staatsrathes der vereinigten Niederlande von dem Jahre 1747 bis 1790.

Commissionsdecret für Ludewig Erbprinz von Hessen-Darmstadt als Oberst.

„Juden Acten "Sr. Hohelt „vom 15ten „Juni 1770." Den 21. Juni 1770 ernennt die Commission S. Fürstl. Durchlaucht den Herrn Erbprinzen Ludewig von Hessen-Darmstadt zum Obersten der Infanterie bei den Truppen des Staats, welche Stelle er seit dem 15. Juni 1770 bereits bekleidet. Hierdurch wird ihm übertragen u. s. w. nach den Worten des Amtsformulars der Commission für die bei der Armee (Angestellten). Wird mit Namensunterschrift versehen. J. P. V. Boetzelaer und contrasignirt von dem beeidigten J. F. van Hees.

Am 4. October 1773 trat der damals 20jährige Erbprinz als Brigadier in russische Dienste (s. das Patent der Kaiserin Katharina d. d. 10. Juni 1774 im §. 2, S. 27 des ersten Theils). Seine Anstellung als niederländischer

Oberſt fällt alſo in die Periode vom 15. Juni 1770 bis zum 4. October 1773, mithin in die Zeit, als er vom Herbſte 1769 bis Herbſt 1771 in Leyden ſtudirte, hierauf ſeit Anfang 1772 nach England und Frankreich, ſodann im September 1773 zur Vermählungsfeier ſeiner Schweſter Wilhelmine nach St. Petersburg reiſte, von welcher Zeit an (4. Oct. 1773) bis im September 1775 ſein Dienſt als Generalmajor, zuletzt als Generallieutenant in der ruſſiſchen Armee währte (ſ. Geſchichte Ludwig II. Großh. v. Heſſen, S. 127 ff.)

§. 3.

Landgraf Ludewigs X. (nachherigen Großherzogs Ludewigs I.) Einzug in Buchsweiler am 27. Mai 1790 Beſchreibung der herrſchaftlichen Gebäude und Anlagen daſelbſt.

Im Eingange zum §. 4 des erſten Theils gedachten wir der Anhänglichkeit, welche die treugeſinnten Hanau-Lichtenbergiſche Unterthanen bei dem feierlichen Einzuge des Landgrafen Ludewigs X. an Tag gelegt hatten und worüber ein Augenzeuge berichtet, deſſen Worte wir aus ſeinem Schreiben an einen Freund in der Note zu dieſem Paragraphen mitgetheilt haben.

Ein mir unbekannter Freund vaterländiſcher Geſchichte und Verehrer des großen Fürſten gibt nun hierzu einen der Erinnerung und im Buche der Geſchichte ſorgfältiger Aufbewahrung werthen Beitrag, welchen derſelbe in der Darmſtädter Zeitung vom Jahre 1859, Nr. 304 auf dankenswerthe Weiſe niedergelegt hat. Der Artikel lautet wie folgt:

Zur heſſiſchen Geſchichte. Gern lenken wir unſern Blick dahin, wo ein Band treuherziger Liebe die

Regierten und den Regenten umschlingt. Solch' ein erfreuliches Bild gewährt die nachfolgende Beschreibung vom Einzug des Landgrafen Ludewig X. von Hessen in den Theil seiner Grafschaft Hanau=Lichtenberg, der damals unter französischer Hoheit stand und nun bekanntlich seit 1801, wie das ganze Elsaß, völlig zu Frankreich gehört. Wir entnehmen diese Beschreibung einem uns vorliegenden Privatbriefe, datirt Pfaffen=hofen, den 9. Juni 1790, und glauben damit den Verehrern des großen Fürsten ein interessantes Blatt aus der Geschichte desselben und seiner Zeit zu geben. — Einzug Ludewig's X. in Buchsweiler. Am 27. Mai 1790, Abends 5 Uhr kam der Landgraf von Pirmasens aus an die Grenzen seines Landes, wo ihn die Ofweiler Bauernmädchen in zween Reihen gestellt nach ihrer Weise recht naiv empfingen. Das erste des einen Reihens hielt die Pferde an, und das erste des andern hatte eine Flasche Wein in der Hand nebst einem Glase. Es näherte sich der Kutsche, schenkte ein und zitterte diese Worte heraus: „Herr Durchlaucht! gelt Ihr habt Durst — denn 's macht warm. Thut eins Bescheid. Auf Eure Gesundheit!" Darauf schlürfte sie das Glas ab, macht' es wieder voll und überreicht's ihm — und Ludewig trank's rein aus. Wie er trank durchtönte den ganzen Reihen: Vivat Ludewig X.! Der gute Fürst versicherte, daß ihm noch nie Wein so gut geschmeckt habe. Hier empfingen ihn einige Bauerngemeinden zu Pferd und zu Fuß in rothen Wollenhemden — einige Strecken weiter die Zugweiler Bürger ebenfalls zu Pferd. Im Sulzbacher Wald empfingen ihn drei Schaaren von Buchsweiler Bürgern und Jünglinge auch zu Pferd. Lange schon hatten sie sich auf

diesen Empfang vorbereitet und geübt. Das Corps der Jüng=
linge nannte man das Freicorps und war gekleidet: blauen
Rock, weiße West' und Hosen, schwarze Masche und einen
Federbusch, Ober= und Untergewehr. Das andere Corps
waren die Bürger selbst, auch blau, statt der Federbüsche
aber Blumensträuße; das dritte Corps waren Bauern,
roth gekleidet. Sogleich nahm ihn, den guten Fürsten,
das Bürgercorps in die Mitte, das Freicorps mit Blas=
instrumenten=Musik voran, und die Bauern schlossen den
Reihen nebst den Reitern aus andern Gemeinden, — es
waren ungefähr 350 Mann zu Pferd. Am Buchsweiler
Bann empfingen ihn die Schulkinder beider Religion mit
einem prächtigen Strauße, worin sein Name und Wappen
geflochten war, und einem Gedichte. Gleich wurden Stück'
und Kanonen gelöst, und alle Glocken beider Kirchen
jubelten ihm entgegen. Sobald sein Gespann die Allee bei
Buchsweiler erreichte, warfen 24 weißgekleidete, mit rothen
Bändern hin und wieder geschmückte Männer — auf jeder
Seite 12 — rothe Bänder um Pferd und Wagen und
zogen ihn so Schritt für Schritt zu den Thoren hinein.
Vorn an liefen zween schöne junge Knaben, als Läufer
gekleidet. Am Ende der Allee erwartete ihn die militärisch
gegürtete Bürgerschaft zu Fuße, als Infanterie, und be=
gleitete ihn gleichfalls mit zum Schlosse. Hier bildeten
Reiter und Fußvolk einen Kreis um den Wagen, von dem
der gute Fürst dann abstieg und dem Schlosse zuging, und
wie er ging, mußte er durch eine Doppelreihe von etlichen
und 70 Töchtern der besten Familien in Buchsweiler
durchwandeln. Sie waren alle weiß gekleidet mit blauen
Schärpen, duftenden Sträußen am Busen und Blumen=
körben in der Hand, aus denen sie ihm, wie er ging, den

Weg bestreuten. Eine von ihnen überreichte ihm auf weißatlassenem Kissen ein Festgedicht. Es war dies alles ein außerordentlich rührender Anblick. Noch am Schlosse empfingen ihn 10—12jährige Knaben mit einer türkischen Musik, die sie selbst machten. Im Schlosse selbst überreichte ihm eine Gesellschaft von Bürgerstöchtern einen Triumphbogen. Von der Stadtbeleuchtung und den Merkwürdigkeiten dabei nächstens."

Bei dieser Gelegenheit dürfte eine Beschreibung der herrschaftlichen Gebäude und Anlagen des lieblichen Buchsweiler von Interesse sein, die ich aus dem Briefe eines Correspondenten, d. d. 20. Februar 1838 nachstehend wörtlich mittheile: „Aus der Jugendzeit meines Aufenthalts in Buchsweiler ist mir das prächtige, mit Thor- und zwei Seitenflügeln versehene und in einem tiefen Wassergraben stehende Schloßgebäude, nebst dem daran stoßenden kleinen niedlichen und dem unmittelbar vor dem Schloßthor großen geschmackvoll mit Statuen gezierten Garten in frischem Andenken. In letzterem befanden sich zwei lange Orangeriegebäude und ein bedeutendes Gewächshaus. Nicht weit davon entfernt befand sich eine zahme Fasanerie mit dem schönen in einem Haine stehenden Gebäude. Unweit des Schlosses stand das große Regierungsgebäude mit Thurm und Uhr, die hanauische Kanzlei genannt, der Marstall, der sogenannte Ackerhof, ein weitläufiges Gebäude mit dem herrschaftlichen Fuhrwerke, woher Jahr aus, Jahr ein jeden Samstag Träger mit Gemüse und Obst aus dem dortigen Küchengarten, sowie Wildpret, Geflügel und Fische an die fürstliche Hofhaltung zu Pirmasens befördert wurden. Außerhalb der Stadt am s. g. Holzhof befand sich ein sehr weitläufiges solides Gebäude mit mehreren Wohnungen, worin das Jagdpersonal einquartirt und alles, was zum Jagen und Fischen gehörte, anzutreffen war. In dem babei gelegenen sogenannten Fischpfuhl, einem langen, schmalen Garten mit einem See und dabei befindlichen 12 mit Quadersteinen ausgelegten Behältern, worin allerlei Fischsorten aufbewahrt waren, fanden die beiden Prinzen Friedrich und Christian, Brüder des verlebten Herrn Großherzogs, bei den öfteren Besuchen in Buchsweiler viel Zeitvertreib und Unterhaltung.

So wie ich gehört, sind alle diese vom Grafen von Hanau dem Großvater Ludwig IX. (soll heißen Vater Ludwigs IX., welcher der nachherige Ludwig VIII. war) vermachten fürstlichen Anlagen gleich im Anfange der Revolution verschwunden. Das Schloßgebäude wurde auf den Abbruch versteigert und der große Schloßhof der Stadt reservirt. Die übrigen Gebäude wurden ebenfalls veräußert, der Holzhof mit Appertinenzien ist in eine Vitriolfabrik und der Ackerhof in ein Bürgerspital verwandelt worden."

§. 4.

Landgraf Ludewig X. (nachheriger Großherzog Ludewig I.) zur Zeit der, Seitens deutscher Alliirten im Jahre 1793 unternommenen 4monatlichen Belagerung und im Juli d. J. erfolgten Einnahme der Festung Mainz vom 5. Mai bis 24. Juli im hessen-darmstädtischen Lager bei Finthen. Sein Enkel, Großherzog Ludwig III. K. H., läßt zum Andenken daran auf der Stelle des innerhalb der Lagerstätte daselbst befindlich gewesenen landgräflichen Kriegszeltes am 10. October 1858 ein Monument errichten.

Was vereinte treue Waffenbrüderschaft deutscher Stämme zur Ehre und Genugthuung des gemeinsamen deutschen Vaterlandes auszuführen im Stande ist, dazu ein Beispiel von der denkwürdigen Belagerung und Einnahme der Festung Mainz i. J. 1793 und der ihr am 2. December 1792 vorausgegangenen Erstürmung Frankfurts durch die Alliirten.

An diese Betrachtung über den großen Werth vormaler deutscher Wehrkraft erinnert in seiner hohen Bedeutung ein Denkmal in der Markung des Dorfes Finthen bei Mainz, welches S. K. H. der Großherzog Ludwig III. von Hessen auf der Stelle des bei jener Belagerung im hessen-darmstädtischen Lager befindlich gewesenen Kriegszeltes seines Großvaters Ludewigs X., Landgrafen von Hessen-Darmstadt, welcher vom 5. Mai bis zum 24. Juli 1793 mit seinem Militär bei dieser Belagerung thätigen Antheil nahm, im Jahre 1858 auf seine Kosten errichten ließ.

Ist zwar seit jener Zeit mehr als ein halbes Jahrhundert verflossen, so fand man bei dessen Errichtung mehrere Zeltstellen noch so unversehrt erhalten, als wäre das Lager erst vor Kurzem aufgehoben worden, weil die damalige Lagerstätte und die sämmtlichen Zeltstellen der Hessen sich größtentheils auf einem mit der Aussicht auf Mainz und Umgegend zu hochgelegenen Waldboden befinden, über den seitdem kein Pflug ging. Das auf dem von S. K. H. dem Großherzog Ludwig III. eigenthümlich erworbenen Grund und Boden dieser Gemarkung, ¼ Stunde von Finthen befindliche Denkmal ist ein von rothem Sandstein gefertigter 14 Fuß hoher Obelisk, welcher auf einem Schilde, hinter dem der obere Theil eines altdeutschen Schwertes sichtbar ist, folgende Inschrift trägt:

ZUR ERINNERUNG AN DEN LAGERPLATZ DES LANDGRAFEN LUDEWIG X. NACHHERIGEN GROSSH. LUDEWIG I. VON HESSEN IN DEN MONATEN MAI, JUNI, JULI DES KRIEGSJAHRES 1793 GESTIFTET VON SR. KÖNIGLICHEN HOHEIT DEM GROSSHERZOGE LUDWIG III. VON HESSEN UND BEI RHEIN 1858.

Die Einweihung dieses Denkmals am 10. Oct. 1858 beschreibt ein Artikel der Darmstädter Zeitung Nr. 285, d. d. 14. October 1858 wie folgt:

Mainz, 11. Oct. Das gestrige Fest in dem benachbarten Finthen, dessen Veranlassung und Zweck bereits in Nr. 277 der Darmst. Zeitung näher angeführt wurde, war ein schönes, wahrhaft erhebendes. Das ganze Dorf, bis zur kleinsten Hütte herab, war mit hessischen und bayerischen Fahnen, mit Festons von Blumen und Laubwerk, Teppichen ꝛc. geschmückt. An mehreren Orten sah man die Porträts JJ. KK. HH. des Großherzogs und der Großherzogin, auch ein Oelporträt des Höchstseligen Großherzogs Ludwig II. und ein Exemplar des lithographirten Großh. Familienbildes von Kratz. Den Eingang zur Hauptstraße zierte ein schöner Triumphbogen mit dem hessischen Wappen und der Inschrift: „Finthen seinem geliebten Landesvater und dem Andenken dessen durchlauchtigsten Ahnherrn Ludewig I." — Im Allerhöchsten Auftrage S. K. H. des Großherzogs war S. Exc. der Herr Ministerpräs. Frhr. v. Dalwigk von Darmstadt eingetroffen und im Hause des Gr. Bürgermeisters abgetreten, vor welchem mit Trommel und Fahne die Bürgerwehr aufmarschirt war, welche sich im Jahre 1848 so brav benommen und keinen Revolutionär in den Ort gelassen hatte. Man bemerkte mehrere ehemalige hess. Soldaten, mit der hessischen und badischen Feldzugsmedaille geziert, unter derselben. Der Gr. Kreisrath von Mainz, Geh. Reg.-Rath Schmitt, der Friedensrichter Grobe von Nieder-Olm, der Divisionär der Gensdarmerie Rittmeister Rüti ꝛc, waren zu dem Feste erschienen, dem auch andere Notabilitäten, wie Herr Ministerialrath Creve aus Darmstadt anwohnten. Um 2 Uhr setzte sich der Zug vom Gemeindehause aus nach der Stelle des ¼ St. vom Orte entfernten Denkmals in Bewegung: die Bürgerwehr mit einer Musikbande voran, der Ortsvorstand, der Pfarrer und sein Caplan, die Schulen (alle jungen Mädchen weiß gekleidet), geführt von den Lehrern und Lehrerinnen ꝛc. Das Ganze bildete, überwallt von zahlreichen Fahnen und Fähnchen in den Windungen des nach der Anhöhe, auf welcher das Denkmal steht, führenden Weges einen wahrhaft pittoresken Anblick. Oben am Denkmale stellte man sich auf. Der Finthener Singverein, den Lehrer Erler an der Spitze, trug einige Gesänge, zu Ehren des Tages und Sr. K. H. des Großherzogs gedichtet, recht brav vor, worauf Pfarrer Autsch eine schöne Weiherede hielt. Er hob darin hervor, „wie eigentlich mit dem ersten Spatenstich bei Errichtung des Zeltes Ludwig's I. der Finthener Boden zum hessischen Boden geweiht worden sei; daß dieses Ereigniß kein Zufall, sondern eine göttliche Vorbedeutung sei, und daß so lange es ein Finthen gebe, man seinem Durchlauchtigsten Herrn die Treue bewahren wolle." — Die Rede schloß mit einem dreifachen Hoch auf S. K. H. den Großherzog, J. K. H. die Großherzogin und das ganze Großherzogliche Haus, in welches die Gemeinde jubelnd einstimmte. — Weißgekleidete Mädchen zierten das Denkmal mit einer Blumenkrone und umschlangen es mit Guirlanden. — Hierauf sprach der Ministerial = Präsident Frhr. v. Dalwigk, in Vollziehung des Allerhöchsten Auftrages S. K. Hoh. des Großherzogs, einige Worte. Se. Excellenz fügte bei: „Vor zehn Jahren, in trüber und schwerer Zeit*) habe ihm der Pfarrer in Gegenwart der ganzen Gemeinde und in deren Namen die unvergeßlichen Worte ausgesprochen: „„Der höchste Stolz der Finthener sei, treue Unterthanen S. K. H. des Großherzogs zu heißen.""" Nun könne er umgekehrt versichern, „„daß es der höchste Stolz unseres Allergnädigsten Herrn sei, eine Gemeinde wie Finthen sein nennen zu dürfen."" Möchte

---

*) Der Herr Min.-Präs. war damals Territorial-Commissär rc. in Mainz.

ein so schönes Band der Liebe und des Vertrauens die Gemeinde mit ihrem Regentenhause für ewige Zeiten vereinen!" — Nach Absingung eines Liedes begab sich der Zug in der früheren Ordnung nach dem Dorfe zurück und der Rest des Tages wurde durch gesellige Vergnügungen, durch Musik und Tanz ausgefüllt. Tausende von Menschen waren aus Mainz und den umliegenden Orten herbeigeströmt, um Zeugen des schönen Festes zu sein, und bedeckten fröhlich und theilnehmend die Straßen, die Chausseen und den Platz des Denkmals. Das Fest war um so erfreulicher und erhebender, als es ganz ohne höhere Veranlassung aus dem Herzen und der Liebe einer unbemittelten aber braven Bevölkerung hervorgegangen ist, die nun keinen größeren und innigeren Wunsch hegt, als ihren geliebten Landesherrn Selbst einmal in ihrer Mitte begrüßen zu können.

Dieser Beschreibung des Festes der Einweihung reiht sich ein anderer Artikel der Darmstädter Zeitung, d. d. 1. Dec. 1858, Nr. 333 folgenden Inhalts an:

Darmstadt, 30. Nov. In Folge der Errichtung des Denksteines, mit welchem S. K. H. der Großherzog, im Gefühle hoher Verehrung, das Andenken an die Lagerstelle verewigt haben, welche Sein durchlauchtigster Ahnherr, der Landgraf Ludewig X., nachheriger Großherzog Ludewig I., bei Finthen in den Monaten Mai bis Juli 1793 mit seinen Getreuen bezogen, wurde bereits in Nr. 302 dieser Blätter mitgetheilt, daß von den hessischen Soldaten, welche in jener verhängnißvollen Zeit ihre Treue gegen den geliebten Landesfürsten so schön bewährten, nur noch Ein Mann, nämlich der vormalige Schultheiß Glock zu Alsbach am Leben sei. Sobald Se. Kgl. Hoh. der

Großherzog hiervon Kenntniß erhalten, befahlen Allerhöchstdieselben, über die Persönlichkeit und Dienstleistung des Genannten das Nähere zu erheben, und es haben die Stammrollen des Kriegsministeriums ergeben, daß derselbe 1793 im Alter von 16 Jahren in die Flügelcompagnie des jetzigen 1. Infanterie-Regiments eintrat, 1797 zum Corporal avancirte, 1803 beabschiedet ward und während seiner Dienstzeit die Feldzüge von 1793 bis 1799 mitmachte.*) Da weiter festgestellt werden konnte, daß dieser Veteran ein braves Verhalten als Soldat bethätigt hat, und daß ihm auch in seinem späteren Wirken als Vorsteher seiner Gemeinde Lob und Anerkennung zur Seite stehen, welche ihm in seinem bürgerlichen Berufsleben die Achtung seiner Mitbürger erhalten haben, so geruhten Seine Königliche Hoheit, den verdienten Greis am 18. b. M. persönlich zu Sich ins Residenzschloß bescheiden zu lassen und dem braven Manne unter lobender Anerkennung der treuen Dienste, welche derselbe als Soldat wie als Vorstand einer Gemeinde geleistet, das silberne Kreuz des Verdienstordens Philipps des Großmüthigen Höchsteigenhändig zu überreichen. — Der vormalige Schultheiß Glock steht bereits im 83. Lebensjahre, ist aber ein

---

*) Es dürfte hier nicht unbemerkt bleiben, daß noch zwei Brüder Glock's als brave Soldaten dienten: der verstorbene Oberst Glock im Garderegiment Chevaurlegers, welcher sich von der Pike an durch seine guten und treuen Dienste — er hatte namentlich auch dem österreichischen Feldzuge, worin er schwer verwundet ward, und dem russischen Feldzuge angewohnt — zu dieser Würde emporschwang; dann ein dritter Bruder, welcher als braver Unterofficier im Regimente diente.

rüstiger Greis, noch frisch an Körper und Geist, der mit anständiger Bescheidenheit von seinen Erlebnissen zu sprechen weiß. Möge es ihm noch lange vergönnt sein, im besten Wohlsein der Auszeichnung sich zu erfreuen, die ihm durch die Huld seines gnädigsten Fürsten geworden ist; möge aber auch in dieser Thatsache die Ueberzeugung gefunden werden, daß in des Großherzogs Gnade jedes Verdienst, das zur Allerhöchsten Kenntniß gelangt, Anerkennung und Lohn findet.

Sodann ein zweiter Artikel dieser Zeitung, d. d. 16. Dec. 1858, Nr. 348, also lautend:

„Aus dem Kreise Groß=Gerau. In Nr. 302 und Nr. 333 der Darmst. Ztg. ist die Mittheilung gegeben, daß von den hessischen Soldaten, welche in den 90er Kriegsjahren bei Mainz und Finthen die hessische Fahne so treu und tapfer vertheidigt, nur noch ein Mann, der vormalige Schultheiß Glock in Alsbach, am Leben sei. Es dürfte von Interesse sein, zu erfahren, daß noch ein zweiter ehrenhafter Veteran aus jener Zeit zu nennen ist — der Oekonom Peter Heyl in Crumstadt. Nach seiner eigenen Aussage trat derselbe 1793 in das Leib= Regiment (jetzige 1. Infanterieregiment) ein, stand mit genanntem Schultheiß Glock in derselben Compagnie und wurde 1799 nach überstandenen 6jährigen Kriegsstrapazen beabschiedet. In seiner einfach bescheidenen Weise hat er sogar versäumt, sich zum Empfang der Veteranen=Medaille zu melden. Obwohl dieser unbescholtene und würdige Greis bereits das 86. Lebensjahr zurückgelegt hat, und wankend in seiner Wohnung einhergeht, so erfreut er sich doch noch dauerhafter Gesundheit des Körpers und seltener Klarheit des Geistes.

In einem Artikel dieser Zeitung vom 1. d. ist bemerkt, daß von den hess. Soldaten, welche von 1793—1799 im Felde gedient und dem L a g e r von F i n t h e n beigewohnt hätten, nur der Schultheiß Glock von Alsbach der Einzige sei, welcher noch lebe. Es lebt indeß in Büttelborn noch der am 20. Februar 1777 geborene Gg. F r i e d m a n n II., der 1793 in das Regiment Landgraf, Compagnie Lindau, eintrat, in den Schlachten bei Werwik, Vortryk und Engelmünster, Rossla, Usläben, Mecheln und Herzogenbusch kämpfte, 1796—1799 im südwestlichen und südlichen Deutschland verwendet wurde, 1803 einen ehrenvollen Abschied erhielt und den S. K. Hoh. der G r o ß h e r z o g in den 1840er Jahren mit dem Feldbienstzeichen begnadigte. Nach seiner Verabschiedung war Friedmann eine Reihe von Jahren Pächter der dem Großh. Fiscus gehörigen Sensfelder- und Gehabörnerhöfe. — Dieser fast 82jährige, hochgestaltete und wackere Greis lebt jetzt bei seinem achtbaren Schwiegersohn Müller in Büttelborn, wo auch noch mehrere brave und wohlhabende Söhne von ihm wohnen."

Dieses Finthener Denkmal bietet neben dem speciell vaterländischen Interesse noch eine andere Seite der Betrachtung dar: als Zeuge nemlich einer an politischen Ereignissen wechselvollen, zum Theil durch schauerliche Begebenheiten betrübenden Zeit. Eine Umschau europäischer Ereignisse in den Jahren 1791 bis Ende 1793 wird dieses bestätigen. Wir geben sie blos für diese kurze Periode in folgender chronologischen Zusammenstellung.

1791
August 25. Leopold II., deutscher Kaiser und Friedrich Wilhelm II., König von Preußen schließen zu Pillnitz eine Convention zur Bekämpfung der franz. Revolution, Unterstützung des königlich französischen Throns und zur Erhaltung der deutschen Reichsverfassung.

1792
März 1. Leopold II., dieser kenntnißreiche und menschenfreundliche Regent, starb am Vorabend einer verhängnißvollen Zeit. Sein plötzlicher Tod verhinderte ihn an der Ausführung conventionsgemäßer Maßregeln gegen Frankreich, nachdem er bald darauf am Rhein, wohin sich die französischen Ausgewanderten zogen, und in den Niederlanden, wo unterdeß die durch den dahin gedrungenen französischen Freiheitsschwindel gestörte Ruhe wieder hergestellt wurde, solche angeordnet hatte.

Um diese Zeit neue innere Partheibewegung in Polen. Zweite Theilung, Kosciusko, König Stanislaus.

März 15. Ermordung des Königs Gustav III. von Schweden, welcher sich der Convention Oesterreichs und Preußens vom 25. August 1791 anschließen wollte.

April 2. König Ludwig XVI. wird genöthigt, dem deutschen Kaiser als König von Ungarn und Böhmen den Krieg zu erklären.

Juli 14. Krönung des Kaisers Franz II. zu Frankfurt von dem Erzbischof Friedrich Karl.

Juli 16. Fürstencongreß zu Mainz. Berathung über den zu eröffnenden Feldzug gegen Frankreich. Manifest.

1792
Juli 29. Eröffnung dieses Feldzuges der alliirten österreichischen und preußischen Truppen unter der Führung des Herzogs Karl Ferdinand von Braunschweig.
August 20. Gefangennehmung des Königs Ludwig XVI. und seiner Familie zu Paris.
Septbr. 2. Die blutigen Schreckenstage zu Paris, während welcher eine Rotte Bestien in Menschengestalt an dem Leichname der von ihr ermordeten Prinzessin Lamballe die empörendsten Gräuel verübte.
Septbr. 20. In Folge der verlornen Schlacht bei Valmy Rückzug der alliirten Armee aus der Champagne.
October 2. General Custine rückt von Landau aus nach Speier vor. Ein Theil der daselbst stehenden österreichischen und kurmainzischen Truppen gerathen in französische Gefangenschaft. Speier wird mit 500,000 Livres gebrandschatzt.
October 4. Custine nimmt Worms ein und setzt dieser Stadt eine Contribution von 1,200,000 Livres an.
October 9. Er zieht sich nachher auf Landau zurück,
„ 17. marschirt jedoch bald darauf gegen Mainz vor.
„ 21. Die im vertheidigungslosen Zustande gelassene Festung Mainz fiel, indem der Rath verständiger Männer zur Herstellung verfallener Werke und Aufstellung einer angemessenen Besatzung daselbst zu spät eingesehen wurde, durch Verrath in die Hände des mit Sturm und Plünderung drohenden Generals Custine. Anarchischer Zustand in Mainz. Forster und Genossen.

1792

October 22. Custine besetzt Frankfurt, dictirt dieser Stadt eine Contribution von 2,000,000 Gulden, nimmt die Festung Königstein in Besitz, macht Anstalten nach Hanau und Aschaffenburg vorzurücken.

Zu dieser Zeit ließ Landgraf Ludewig X. sein Militär bei Gießen zusammenziehen, welches sich hierauf bei Homburg v. d. Höhe mit den Preußen vereinigte.

December 2. Unter der Führung des tapferen Prinzen von Hessen-Philippsthal wird Frankfurt von einem Corps hessen-kasselischer Truppen eingenommen. Ankunft des Königs Fr. Wilhelm II. daselbst. Preußische Truppen drängen die unter Custine heranrückenden Franzosen zurück. Frankfurt erhält Einquartirung von hessischen und preußischen Truppen. Das hessen-darmstädtische Militär steht bei dieser Unternehmung gegen Frankfurt als Observationscorps bei Vilbel.

Decbr. 6. Preußische Truppen rücken vor die von den Franzosen besetzte Festung Königstein, wohin auch das hessen-darmstädtische Corps beordert wurde.

Decbr. 14. Das hessen-darmstädtische Corps kommt hierauf in die Gegend von Darmstadt zu stehen, wo es während des übrigen Winters zur Besetzung mehrer Uebergangsstellen am Rhein verwendet wurde. Bei dieser Gelegenheit wurden den Franzosen mehre mit Heu und Frucht beladene Schiffe abgenommen, mehre andere auf der Fahrt nach Mainz in Grund geschossen und ein Versuch der Franzosen, am 27. Febr. 1793 bei Gernsheim den Rhein herüber in das Ried zu passiren, mit großer Tapferkeit und Erbitterung verhindert.

1793
Januar 21. König Ludwigs XVI. Ermordung unter der Guillotine.

König Fr. Wilhelm II. während des Winters von 1792/93 im Hauptquartier zu Frankfurt.

März 7. Königstein wurde von den Preußen eingenommen und die franz. Besatzung kriegsgefangen. Zu dieser Zeit ließ Landgraf Ludewig X. ein Corps von 3000 Mann, worunter sich das aus Forstmännern gebildete Jägercorps befand, zur österreich. Armee unter General Wurmser stoßen. Gefechte bei Speier, Germersheim, Rheinzabern und Landau, wo das hessische Corps Vortheile errang und besonders das Jägercorps sich auszeichnete. Der tapfere Jägerlieutenant Lupus. General Wurmser ertheilt dem hessen = darmstädtischen Corps großes Lob.

März 17. Der rheinisch=deutsche Nationalconvent zu Mainz erklärt auf den Antrag Forsters, in einer feierlichen Versammlung den Landstrich von Landau bis Bingen als ein freies von Deutschland getrenntes und mit der Republik Frankreich zu vereinigendes Land und bietet es durch jenen Antragsteller der Republik an.

März 22. und 23. Anfang der Belagerung der Festung Mainz mit preußischen, sächsischen und hessen=kasselischen Truppen. Gegen 60,000 Mann bezogen Lager auf den Anhöhen bei Kastel und Kostheim.

1793 März 29. u. 30. Rheinübergang der Alliirten und Forcirung der französischen Position an der Nahe.

April 14. Schließen die Stadt Mainz von beiden Seiten ein.

April 24. Kronprinz Friedrich Wilhelm von Preußen (nachheriger König Fr. Wilhelm III.) verlobt sich zu Darmstadt mit der Prinzessin Louise, Tochter des Herzogs Karl von Mecklenburg-Strelitz, Enkelin des Prinzen Georg von Hessen-Darmstadt und seiner Gemahlin Albertine.

Mai 5. Das landgräflich hessen-darmstädtische Corps rückt seit dem 5. Mai u. f. T. vor Mainz (s. 1. Theil S. 61 das Nähere). Ludewig X. hatte sein Hauptquartier bei Finthen im Lager, wo ein mit Kieferlauben aufgeputztes Zelt für ihn befindlich war, welches nach Göthe, als Augenzeuge, „wohl ausgedacht, vortrefflich gearbeitet, bequem, prächtig, Alles, was je in dieser Art geschah, übertraf". Dieses Hauptquartier und Ludewigs Anwesenheit darin währte vom 5. Mai bis zum Ende der Belagerung den 24. Juli 1793, als dem Tage der Uebergabe der Festung an die Alliirten, unter freiem Abzug der französischen Besatzung.

Juni 15. Während dieser denkwürdigen Belagerung Bombardement der Stadt vom 18. bis 24. Juni 1793. Dieser ein Tag des Schreckens für ihre Bewohner.

1793
August 28. Custine zu Paris guillotinirt.
October 18. Die Königin von Frankreich ermordet unter der Guillotine.

Urkundliche Anlage I.

Theilnahme an den Kriegen gegen und für Frankreich von 1792 bis 1815.

In den §§. 4, 7, 8, 9, 11, 12, 13 des 1. Theils wird diese Theilnahme im Nähern beschrieben, und darin ein 23jähriger Zeitraum ruhmvoller Thaten unseres großherzoglichen Militärs geschildert.

Einen diesen ganzen Zeitraum umfassenden Beitrag hierzu gibt der aus gewandter Feder fließende, schön und genau verfaßte Nekrolog des hochverdienten und berühmten (1844 verstorbenen) großh. hess. Generallieutenants Freiherrn von Dalwigk, welchen wir nach Anleitung der Vorrede zu dieser Schrift in einer Geschichte Ludewigs I. nicht unbeachtet lassen dürfen, vielmehr in seiner ganzen Fassung, der durch Fülle des Stoffs von hohem Interesse ist, hier aus der Darmstädter Zeitung des Jahrgangs 1844, Nr. 139, 140, 141 mittheilen.

Nekrolog
des Großh. Generallieutenants Frhrn. v. Dalwigk, Exc.

Reinhard Freiherr v. Dalwigk zu Lichtenfels, Großh. Hess. Generallieutenant und Gouverneur der Residenz Darmstadt, Großkreuz des Großh. Hessischen Ludewigsordens, wie des Großherz. Hess. Philippsordens, Inhaber des Großh. Hess. Ehrenzeichens für 50jährige treu geleistete Militärdienste und der Großh. Hess. Kriegsdienstmedaille, Großkreuz des Kais. Russischen St. Annenordens,

Commandeur 1. Klasse des Kurfürstl. Hess. Löwenordens, Ritter der Königl. Franz. Ehrenlegion, geboren auf dem Gute Campf im Fürstenthum Walbeck am 1. Mai 1770, gestorben zu Darmstadt am 18. April 1844, war nicht blos einer der ältesten und treuesten Diener seines Fürsten, sondern sein Leben ist auch mit der Kriegsgeschichte der Hessischen Truppen so eng verflochten, so voll von interessanten Zügen mannichfacher Art, daß wir selbst einem größeren Kreise von Lesern einen Dienst zu erzeigen glauben, wenn wir eine etwas ausführlichere Darstellung desselben in diesen Blättern geben.

Reinhard Frhr. v. Dalwigk, entsprossen aus einem altadeligen, der hessischen und walbeckischen Ritterschaft angehörigen Geschlechte, dessen Mitglieder von frühster Zeit an in fast allen Ländern Europa's die Waffen getragen, und nicht selten hohe militärische Würden errungen hatten, war der fünfte von 7 Brüdern. — Sein Vater, früher Capitän im kön. franz. Infanterieregimente Royal-Alsace, in dem er den 7jährigen Krieg mitmachte und später fürstlich walbeckischer Geheimerath und Hofmarschall, übergab ihn dem Unterrichte eines sehr fähigen jungen Mannes, Namens Kuhn *), und verschaffte ihm schon im 13. Jahre eine Anstellung als Cornet im Chevaurlegers-Corps des Landgrafen Friedrich von Hessen-Cassel. Im Frühjahre 1785 wurde er, 15 Jahre alt, als Cornet zu

---

*) Kuhn wurde später fürstlich walbeckischer Hauptmann, trat dann in hessen-darmstädtische Militärdienste, wurde 1793 zum Gouverneur Sr. Hoheit des Prinzen Georg von Hessen ernannt, und blieb als Oberstlieutenant am 21. Februar 1802 zu Darmstadt im Duell.

dem hessen-cassel'schen Cürassierregimente Gensdarmen versetzt. Dieses Regiment war eines der bravsten und wohldisciplinirtesten der damaligen hessen-casselschen Truppen, und hatte zum Chef den Generallieutenant von Wackenitz, den nämlichen, welcher, als Führer der preußischen Gardeducorps in der Schlacht von Zorndorf, in dem mißlichsten Augenblicke zu Seiblitz die denkwürdigen Worte sprach: „Ich halte eine Schlacht noch nicht für verloren, in der die Garde du Corps des Königs noch nicht attakirt hat; ich attakire", und für sein tapferes erfolgreiches Benehmen noch auf dem Schlachtfelde vom Rittmeister zum Oberstlieutenant befördert worden war. — Der junge Cornet v. Dalwigk fand also hier die beste Gelegenheit, seine von entschiedener Neigung unterstützten militärischen Talente auszubilden. Generallieutenant v. Wackenitz schrieb damals von ihm: „Ich bin gewiß, an demselben eine sehr gute Acquisition gemacht zu haben. Ew. ꝛc. dürfen überzeugt sein, daß derselbe den zweiten Tag nach seiner Ankunft nicht allein die Specialrevue des Regiments in aller Richtigkeit mitgemacht, sondern sich auch nach derselben bei Sr. Hochfürstl. Durchlaucht im Cüraß, wie ein alter Militär gemeldet hat, so daß der Herr Landgraf sein gnädiges Wohlgefallen darüber zu erkennen gab." — Das Regiment Gensdarmen cantonirte in verschiedenen kleinen Landstädten, der Stab aber lag in Cassel. Dalwigk benutzte die Muße, welche ihm ein an geselligen Zerstreuungen armes Leben darbot, um sich für seinen Stand wissenschaftlich auszubilden, namentlich um Mathematik und neuere Sprachen zu treiben. Die ihm offen stehende Bibliothek des Fürsten Friedrich von Walbeck gab ihm hierzu reichliche Mittel. Oft und gerne sprach er später von dieser Zeit des einförmigsten und strengsten Dienstes, von dessen Eigenthümlichkeiten und Pedantereien man sich in unsern Tagen kaum einen Begriff macht. In der Exercirzeit wurde gewöhnlich das Dorf Niederzwehren, eine halbe Meile von Cassel, an der großen Straße nach Frankfurt liegend, zum Hauptquartier des Generals von Wackenitz bestimmt, und dort der Wachedienst gerade so versehen, als sei der Feind im Anmarsch. Der wachthabende Officier mußte alle das Dorf passirende Reisende, gleichviel ob sie zu Fuß oder mit Extrapost kamen, unbekümmert um ihre Beschwerden wegen unnöthigen Aufenthalts, über Namen, Stand, Wohnort und Reisezweck sorgfältig befragen, und darüber schriftlichen Rapport machen. Das unbedeutendste Versehen in dieser Beziehung zog mindestens zwei Tage scharfen Arrest nach sich. Ein Officier, an dessen Uniform die geringste Kleinigkeit anders war, als der Commandirende es forderte, hatte die nöthige Abänderung nicht blos auf der Stelle machen zu lassen, sondern sich bei dem Commandirenden selbst so oft und so lange zu melden, bis dieser ihm erklärte, daß der Mißstand beseitigt sei. — Die Verwaltung der Finanzen des Regiments war weniger streng controlirt. So geschah es, daß der Rittmeister einer der Compagnien, bei welchen Dalwigk nach und nach stand, die Administration der Compagniecasse seiner Frau überlassen hatte, welche dieselbe mit ihrer Haushaltungscasse zu verschmelzen für gut fand. Die Frau Rittmeisterin zahlte die Löhnungsgelder aus, und kam, was häufig geschah, ein Deficit vor, so mußte die Privatcasse des Wachtmeisters aushelfen. Diese letztere war aber nicht unerschöpflich, und so war eines Tages der Cornet v. Dalwigk genöthigt, für die Ehre des

dem heſſen=caſſel'ſchen Cüraſſierregimente Gensdarmen ver=
ſetzt. Dieſes Regiment war eines der bravſten und wohl=
disciplinirteſten der damaligen heſſen=caſſelſchen Truppen,
und hatte zum Chef den Generallieutenant von Wackenitz,
den nämlichen, welcher, als Führer der preußiſchen Garde=
ducorps in der Schlacht von Zorndorf, in dem mißlichſten
Augenblicke zu Seidlitz die denkwürdigen Worte ſprach:
„Ich halte eine Schlucht noch nicht für verloren, in der
die Garde du Corps des Königs noch nicht attakirt hat;
ich attakire", und für ſein tapferes erfolgreiches Benehmen
noch auf dem Schlachtfelde vom Rittmeiſter zum Oberſt=
lieutenant befördert worden war. — Der junge Cornet
v. Dalwigk fand alſo hier die beſte Gelegenheit, ſeine von
entſchiedener Neigung unterſtützten militäriſchen Talente
auszubilden. Generallieutenant v. Wackenitz ſchrieb damals
von ihm: „Ich bin gewiß, an demſelben eine ſehr gute
Acquiſition gemacht zu haben. Ew. ꝛc. dürfen überzeugt
ſein, daß derſelbe den zweiten Tag nach ſeiner Ankunft
nicht allein die Specialrevue des Regiments in aller Rich=
tigkeit mitgemacht, ſondern ſich auch nach derſelben bei
Sr. Hochfürſtl. Durchlaucht im Cüraß, wie ein alter
Militär gemeldet hat, ſo daß der Herr Landgraf ſein
gnädiges Wohlgefallen darüber zu erkennen gab." — Das
Regiment Gensdarmen cantonirte in verſchiedenen kleinen
Landſtädten, der Stab aber lag in Caſſel. Dalwigk benutzte
die Muße, welche ihm ein an geſelligen Zerſtreuungen
armes Leben darbot, um ſich für ſeinen Stand wiſſen=
ſchaftlich auszubilden, namentlich um Mathematik und
neuere Sprachen zu treiben. Die ihm offen ſtehende
Bibliothek des Fürſten Friedrich von Walbeck gab ihm
hierzu reichliche Mittel. Oft und gerne ſprach er ſpäter

von dieser Zeit des einförmigsten und strengsten Dienstes, von dessen Eigenthümlichkeiten und Pedanterien man sich in unsern Tagen kaum einen Begriff macht. In der Exercirzeit wurde gewöhnlich das Dorf Niederzwehren, eine halbe Meile von Cassel, an der großen Straße nach Frankfurt liegend, zum Hauptquartier des Generals von Wackenitz bestimmt, und dort der Wachedienst gerade so versehen, als sei der Feind im Anmarsch. Der wachthabende Officier mußte alle das Dorf passirende Reisende, gleichviel ob sie zu Fuß oder mit Extrapost kamen, unbekümmert um ihre Beschwerden wegen unnöthigen Aufenthalts, über Namen, Stand, Wohnort und Reisezweck sorgfältig befragen, und darüber schriftlichen Rapport machen. Das unbedeutendste Versehen in dieser Beziehung zog mindestens zwei Tage scharfen Arrest nach sich. Ein Officier, an dessen Uniform die geringste Kleinigkeit anders war, als der Commandirende es forderte, hatte die nöthige Abänderung nicht blos auf der Stelle machen zu lassen, sondern sich bei dem Commandirenden selbst so oft und so lange zu melden, bis dieser ihm erklärte, daß der Mißstand beseitigt sei. — Die Verwaltung der Finanzen des Regiments war weniger streng controlirt. So geschah es, daß der Rittmeister einer der Compagnien, bei welchen Dalwigk nach und nach stand, die Administration der Compagniecasse seiner Frau überlassen hatte, welche dieselbe mit ihrer Haushaltungscasse zu verschmelzen für gut fand. Die Frau Rittmeisterin zahlte die Löhnungsgelder aus, und kam, was häufig geschah, ein Deficit vor, so mußte die Privatcasse des Wachtmeisters aushelfen. Diese letztere war aber nicht unerschöpflich, und so war eines Tages der Cornet v. Dalwigk genöthigt, für die Ehre des

Dienstes und seines Rittmeisters, seine ersparten Noth-
pfennige zur Bezahlung seiner Straffiere zu verwenden. —
Im Jahre 1787 starb der Graf Philipp Ernst von Lippe-
Bückeburg, und der Landgraf Wilhelm IX. von Hessen-
Cassel, welcher dessen minderjährigem Sohne die Succession
streitig machte, ließ die Grafschaft durch ein Corps von
3000 Mann besetzen. Dalwigk wohnte dieser Expedition,
welche Preußen und Hannover zum Einschreiten nöthigte,
und für den Landgrafen nur die Zahlung einer bedeutenden
Entschädigung zur Folge hatte, mit dem Regimente Gensdarmen bei. — Wilhelm IX. von Hessen-Cassel hatte bald
nach seinem Regierungsantritte zu Ende des Jahres 1785
viele Reformen vorgenommen, wodurch das Avancement,
namentlich dasjenige der Officiere des Regiments Gensdarmen wesentlich beeinträchtigt wurde. Dalwigk, gleich
mehreren seiner Kameraden, wurde deßhalb allmällig zu
dem Wunsche veranlaßt, den hessen=cassel'schen Dienst zu
verlassen. Sein ältester Bruder, damals kurfürstl. mainzi-
scher Kammerherr und Hof- und Regierungsrath (später
Assessor bei dem Reichskammergericht zu Wetzlar, gestorben
als herzogl. nassauischer wirklicher Geh. Rath und Präsident des Oberappellationsgerichts zu Wiesbaden) hatte von
dem Kurfürsten Friedrich Karl Joseph (Erthal) im Jahre
1790 den Auftrag erhalten, dem Landgrafen Ludewig X.
von Hessen-Darmstadt gelegentlich Höchstdessen Regierungs-
antritts die herkömmlichen Condolenz- und Glückwün-
schungsschreiben zu überbringen. Derselbe benutzte, von
dem Wunsche seines Bruders unterrichtet, diesen Anlaß,
S. D. den Landgrafen um eine Premierlieutenantsstelle in
dem von Höchstdenselben gerade damals errichteten leichten
Dragoner- (später Chevaurlegers) Regimente für seinen

Bruder zu bitten. Se. Durchlaucht gewährte dieses Gesuch, Dalwigk erhielt auf seine Bitte einen ehrenvollen Abschied aus dem cassel'schen Dienste, wurde bald darauf in Auerbach von dem Herrn Landgrafen sehr gnädig empfangen und am Tage darauf dem leichten Dragoner-Regimente vorgestellt, dessen Commandeur der Obrist, später Generalmajor v. Düring, ein sehr ausgezeichneter Militär war. — Im J. 1792 gehörte Lieutenant v. Dalwigk zu den Truppen, welche Se. Durchlaucht den Landgrafen nach Gießen begleiteten, als Höchstdieselben sich dorthin, nach erfolgter Einnahme von Mainz und Frankfurt durch die Franzosen unter Custine, zurückgezogen hatten. Er erwarb sich hier durch Pünktlichkeit im Dienste so sehr die Zufriedenheit seines Fürsten, daß ihn dieser, ob er gleich durch eine im Duell empfangene schwere Wunde verhindert, der Wiedereinnahme von Frankfurt durch die preußischen und hessischen Truppen nicht beiwohnen konnte, schon am 28. Novbr. 1792 zum Stabsrittmeister ernannte. Dalwigk machte als solcher im Frühjahre 1793 die Campagne am Oberrhein unter den Befehlen des österreichischen Feldmarschalls Grafen Wurmser mit, wohnte mit seinem Regimente in dem nämlichen Jahre der Belagerung von Mainz bei, und trat bald nach der Uebergabe dieser Festung am 23. Juli 1793 den Marsch nach Westflandern an, wo eine Brigade Hessen, unter den Befehlen des Generalmajors v. Düring, als englisches Subsidiencorps zu der Armee des Herzogs v. York stieß. Ohne nur einen einzigen Tag zur Erholung nach einem vierwöchigen beschwerlichen Marsche zu erhalten, mußte das Chevaurlegers-Regiment dort sogleich zur Beobachtung der Festung Lille in der Gegend von Tournay den Vorpostendienst übernehmen. Während des Winters 1793/94 dauerte dieser lästige Dienst für das Regiment fort. Im April 1794 erhielt dasselbe den Befehl, sich mit der Armee des Feldzeugmeisters Grafen Clerfayt zu vereinigen, welcher mit Zurücklassung eines 4000 Mann starken Corps von Hannoveranern unter dem General v. Wangenheim, in Gemeinschaft mit dem Prinzen von Coburg die Offensive ergriffen hatte, und in Frankreich einzubringen beabsichtigte. — Dieser Plan wurde durch die Niederlage des Wangenheimischen Corps vereitelt, und nach der breitägigen Schlacht von Courtrai am 9., 10. und 11. Mai, an welcher das Chevaurlegers=Regiment und mit ihm Dalwigk ehrenvollen Antheil nahm, war die deutsche Armee genöthigt, sich in die Position von Iseghem Ingelmünster zurückzuziehen, wobei die österreichischen Jäger von Grün=Laudon und Leloup mit der hessischen Brigade die Nachhut bildeten. Die letzteren wurden beordert, Ingelmünster, eine sehr schwache Position, 5 Stunden von Courtrai auf der Chaussee nach Brügga liegend, gegen einen überlegenen Feind zu vertheidigen, um einem österreichischen Artilleriepark einen sichern Rückzug zu verschaffen. Ingelmünster wurde von den Hessen barrikabirt, die Brücke über den Mandelbach, welcher die Straße nach Courtrai durchschneidet, zerstört, und jede Vertheidigungsmaßregel getroffen. Indessen passirten die Franzosen mit ihrer weit überlegenen Cavallerie den Mandelbach an mehreren seichten Stellen, umgingen die an der Brücke und im Orte postirte Infanterie, und nahmen, was sich nicht rettete, gefangen. Rittmeister von Dalwigk, welcher mit 50 Pferden auf dem Wege von Ingelmünster nach Emelghem nahe am Ausgange des ersteren Ortes hielt, um die Bewegungen des Feindes auf der rechten Flanke zu beobachten, sah sich auf diese Weise plötzlich abgeschnitten. Französische Cavallerie hatte das Defilé, welches die Hauptstraße von Ingelmünster bildet, schon besetzt, ehe ihre Nähe nur geahnt wurde. In dieser gefahrvollen Lage beschloß Dalwigk, sich mit seinen braven Hessen durchzuschlagen, was ihm auch glücklich gelang. Er selbst erhielt indessen einen Hieb über das Gesicht, und auch sein Pferd wurde am Kopfe verwundet. Kaum war Dalwigk im Lazarethe von Gent von seiner Wunde wieder hergestellt, als er in Antwerpen, wo er das Regiment zu erreichen, und seinen Dienst wieder anzutreten hoffte, vom Lazarethfieber befallen wurde. In diesem Zustande transportirte man ihn mit übrigen Kranken und Verwundeten zu Schiff nach Delft in das s. g. Pesthaus, wo seine von den Aerzten bereits aufgegebene Wiederherstellung nach zwei Monaten erfolgte. — Am 11. Juni 1794 ernannte ihn sein gnädiger Fürst, auf besondere Empfehlung des Generals v. Düring, zum wirklichen Rittmeister und Chef der Leibescadron, eine Auszeichnung, auf die er selbst großen Werth legte. — Als im Jahre 1796 die Franzosen in Folge mehrerer glücklichen Gefechte bis Frankfurt vorgedrungen waren und die österreichische Armee bei Bergen geschlagen hatten, glaubten S. D. der Landgraf, treu Ihren Verpflichtungen gegen Kaiser und Reich, lieber Ihre Staaten verlassen, als, nach dem Beispiele mancher andern Fürsten, sich mit der französischen Republik in Separatverhandlungen einlassen zu sollen. Sachsen wurde zum vorläufigen Aufenthalte des Hofes ausersehen, und Dalwigk erhielt den ehrenvollen Befehl, seinen Fürsten auf dieser Reise mit einem Detachement Cavallerie zu begleiten, während der übrige Theil des Chevauxlegers = Regiments die Truppen escortirte, welche nach Triest marschirten, um dort als englisches Subsidiencorps nach Gibraltar eingeschifft zu werden. Unvergeßlich war für ihn diese Zeit, in der er das Glück hatte, täglich in der Nähe eines durch Geist und Herzensgüte so ausgezeichneten Fürstenpaares zu sein, wie der Höchstselige Großherzog Ludewig I. und seine verewigte Gemahlin Louise es waren. In Gera angekommen, wurde Rittmeister v. Dalwigk mit einem eigenhändigen Schreiben seines Fürsten an den Kurfürsten von Sachsen nach Dresden abgeschickt, um zu erwirken, daß dem von ihm commandirten Cavallerie = Detachement der Durchmarsch durch das kursächsische Gebiet und der Aufenthalt in der Gegend von Leipzig gestattet werde. In Dresden angekommen, übergab Dalwigk seine Depeschen dem Minister v. Gutschmitt und wurde am folgenden Tage dem Kurfürsten in Gegenwart des Hofes und der fremden Gesandten durch den dienstthuenden Kammerherrn vorgestellt. Indessen gelang es ihm, trotz der freundlichen Bemühungen des Commandeurs der sächsischen Garbucorps, Generallieutenants v. Benkendorf, erst nach 5 Tagen eine schriftliche Antwort zu erhalten, die keineswegs befriedigend ausfiel, weil der Kurfürst von Sachsen mit der französischen Republik separate Friedensunterhandlungen eingeleitet hatte und deßwegen nicht gerne fremden Truppen den Eintritt in sein Gebiet gestatten wollte. — S. D. der Landgraf reisten deßhalb mit der Frau Landgräfin nach dem Hofe nach Leipzig ab und ließen die zur Begleitung bestimmte Cavallerie in dem reußischen Städtchen Langenberg zurück. — Dalwigk erlebte während seines Aufenthaltes daselbst die unangenehme Scene einer Meuterei unter den von ihm commandirten Truppen. S. D. der Landgraf hatte einem

Jedem der Gemeinen, mit Rücksicht auf die höheren Verpflegungskosten im fremden Lande, eine tägliche Zulage von 4 Kr. bewilligt. Hiermit nicht zufrieden, erklärten dieselben, sie würden ferner keinen Dienst thun, wenn sie keinen höheren Sold bekämen. Dalwigk ließ die Rädelsführer verhaften, was aber einen allgemeinen Aufstand zur Folge hatte, der mit der Befreiung der Gefangenen endigte. Es blieb nichts übrig, da in einem fremden Lande keine weiteren Mittel der Strenge zu Gebot standen, als den ruhigeren Theil der Soldaten durch Hinweisung auf ihre so oft bewährte Treue und Disciplin, durch Warnungen und Versprechungen zum Gehorsam zu bringen, und auf diese Weise die Rohesten und Widerspenstigsten zu isoliren, ein Mittel, welches sich auch vollkommen bewährte. Bei der Rückkehr nach Darmstadt wurden die Rädelsführer der Meuterei, 12 an der Zahl, durch kriegsgerichtliches Erkenntniß zu 100 Stockhieben für Jeden, und zur Abgabe an die Infanterie verurtheilt, ein Spruch, dessen zweiter Theil damals nicht geringes Aufsehen machte. — Im Herbste des Jahres 1796 verließen S. D. der Landgraf, infolge des von dem Erzherzoge Carl am 2. und 3. Septbr. bei Würzburg erfochtenen Sieges, Leipzig, um sich zu dem bei Kehl stehenden österreichischen Heere zu begeben. Die beiden getrennten Abtheilungen des Regiments Chevauxlegers trafen in Darmstadt wieder zusammen und wurden nun zur Erleichterung des durch feindliche Erpressungen erschöpften Landes in der Art einer Reduction unterworfen, daß nur die Stockmannschaft und 50 Pferde im Dienste blieben, der übrige Theil der Mannschaft aber nach Hause entlassen und die überzähligen Pferde verkauft wurden. Dalwigk, welcher die unfreiwillige Muße, die ihm durch

diese Maßregel zu Theil geworden war, zu Studien und
Reisen benutzt hatte, erhielt im J. 1802 den Befehl, unter
dem Commando des Obristen von Schäffer an der Besitz=
nahme des Herzogthums Westphalen Theil zu nehmen,
welches dem Herrn Landgrafen durch den Lüneviller Frie=
den als Entschädigung für die verlorenen Besitzungen im
Elsaß zugefallen war. Im Jahr 1803 kehrte er von da
zurück, nachdem er zuvor seine Ernennung zum Major
empfangen hatte. — Bei dem Ausbruche des Krieges
zwischen Frankreich und Preußen im Jahr 1806 erhielt
Dalwigk das Commando der 150 Pferde starken Abtheilung
Chevauxlegers (mehr war an Cavallerie damals nicht dis=
ponibel), welche als Theil der unter den Befehlen des
Generallieutenants v. Werner stehenden hessischen Truppen
zur französischen Armee zu stoßen bestimmt war. Der
Marsch der Cavallerie ging vorerst nach Potsdam und
Spandau. Dort erhielt dieselbe nach vierwöchiger Rast,
welche zur Ergänzung der Feldrequisiten verwandt wurde,
den Befehl, an der Blokade und Belagerung der preuß.
Festung Graudenz Theil zu nehmen, welche erst mit dem
Frieden von Tilsit endete. Dalwigk mußte sich nun sofort
mit seinen Chevauxlegers dem zur Belagerung der schwe=
dischen Festung Stralsund bestimmten franz. Armeecorps
unter dem Commando des Marschalls Brüne anschließen.
Nachdem die Festung von den Schweden geräumt und auch
die Insel Rügen durch Capitulation des schwed. Generals
Essen an die Franzosen und ihre Alliirten übergegangen
war, kehrte Dalwigk, der inzwischen am 29. Juli 1807
seine Ernennung zum Obristlieutenant in dem nunmehrigen
Garderegiment Chevauxlegers erhalten hatte, mit den
übrigen hessischen Truppen in sein Vaterland zurück.

Einige Tage nach seinem Eintreffen empfing er als Zeichen der Gnade und Zufriedenheit seines Souveräns das Commandeurkreuz 2. Cl. des neu gestifteten Haus- und Verdienstordens. — Am 21. Mai 1811 zum Obristen befördert, vertraute ihm S. K. H. der Großherzog im Jahre 1812 das Commando des Garderegiments Chevaurlegers an, welches, als Bestandtheil der unter dem Oberbefehl S. H. des Prinzen Emil stehenden hess. Truppen, die gegen Rußland ziehende große Armee zu verstärken bestimmt war. Die Truppen marschirten in 2 Colonnen, deren zweite, aus dem Garderegiment Chevaurlegers und dem Garde-Füselierregiment bestehend, von Dalwigk commandirt wurde. In Stettin, wo die hessischen Truppen so lange als Besatzung blieben, bis die franz. Armee die Oder passirt hatte, erhielt das Chevaurlegersregiment die Bestimmung, sich mit dem 9. Armeecorps unter dem Marschall Herzog von Belluno, und zwar mit der 1. Brigade der zu diesem Armeecorps gehörenden leichten Cavalleriedivision des Gen. Fournier zu vereinigen, welche außerdem aus dem sächsischen Chevaurlegers-Regimente Prinz Johann unter dem Obristen von Reiski, den Husaren von Baden, commandirt vom Obristen Laroche von Starkenfels, und einem Regimente bergischer Lanciers unter dem Obristen Grafen v. Nesselrode bestand. Zu Tilsit ließ Gen. Fournier, bekannt durch seine rauhen Manieren und seinen Jähzorn, die vier Regimenter seiner Division die Revue passiren, und nachdem er jedem der übrigen Commandeurs irgend einen Tadel ausgesprochen, wandte er sich an den Obristen v. Dalwigk, dessen Regiment nur drei Schwadronen und 400 Combattanten stark war, mit den Worten: Que voulez-vous faire avec cette poignée d'hommes? „Mon devoir, général, vetſetzte dieſer, — mon régiment quoique inférieur en nombre à un régiment de cavallerie française se montrera digne du nom hessois." Dieſe Antwort gefiel dem General Fournier ſo ſehr, daß er von dieſem Augenblick an den Obriſten von Dalwigk mit dem größten und unveränderlichſten Wohlwollen behandelte. — Am 29. Sept. traf das 9. Armeecorps in Smolensk ein, nachdem es vom 30. Aug. an beſtändig bivouakirt hatte, und bezog als Reſervearmee längs dem rechten und linken Ufer des Dnieper Cantonirung. Das Garde Chevauxlegers=Regiment wurde zu Glinichtchi, einem menſchenleeren, aus 12 Hütten beſtehenden, elenden Dörfchen einquartirt. Schon damals fehlte es an Lebensmitteln. Täglich wurden von den Regimentern Abtheilungen von 24 bis 30 Pferden abgeſchickt, um Mehl, Schlachtvieh und Futter für die Pferde aufzutreiben. Reines trinkbares Waſſer fehlte gänzlich. Am 23. Octbr. 1812, auf die Nachricht, daß die große Armee den Rückzug von Moskau angetreten habe, ſetzte ſich das neunte Armeecorps gegen Witepsk in Marſch, theils um das 2. Armeecorps des Marſchalls Gouvion St. Cyr aufzunehmen, welches bei Polozk einen bedeutenden Verluſt erlitten hatte, theils um den Rückzug der großen Armee zu decken. Von da an hatte das Garderegiment Chevauxlegers fortwährend hitzige und immer ſiegreiche Gefechte zu beſtehen. Die Namen von Czecnlky, Lukomla, Smoliany, Doknitza, Beturyn ꝛc. nehmen in den Annalen dieſes tapferen Regimentes eine ehrenvolle Stelle ein, und werden auch ſeinem ehemaligen Obriſten ein bleibendes Andenken ſichern. Am 25. Nov. erreichte man endlich die große Straße von Moskau nach Wilna, und ſah hier mit Erſtaunen und Mitleid zum erſtenmale die große Armee wieder, die Sieger von Smolensk, Ostrowna und Mosaisk, zerstreut, in Lumpen gehüllt, vor Hunger sterbend. Das Regiment ahnte nicht, daß es bald ein gleiches Schicksal haben sollte.*) — Am 27. Nov. 1812 nahm das 9. Armeecorps, welches, nach der inzwischen bei Borisow erfolgten Gefangennehmung der Division Partonneaux, nur noch 5000 Mann stark und ohne andere Cavallerie, als die Regimenter Baden Husaren und Hessen Chevaurlegers war, unter der Anführung des Marschalls Herzog von Belluno die Position von Studzienka ein, um den Uebergang der großen Armee über die Beresina gegen die vereinten Angriffe der russischen Generale Wittgenstein und Tschitschagof zu decken. Am Abende des 27. Novembers wäre Dalwigk beinahe in der Beresina ertrunken. Als er von seinem Bivouak aus nach dem nahen Dorfe Weselowo gehen wollte, um seinen bei der Bagage gebliebenen Reitknecht aufzusuchen, gerieth er, von den zahlreichen Bivouakfeuern geblendet, in den Fluß, dessen schwärzliche Farbe von derjenigen der Erde kaum zu unterscheiden war. Dalwigk wurde durch seinen weiten Reitermantel einige Augenblicke über dem Wasser gehalten. Auf seinen Hülferuf eilte ein portugiesischer Trainsoldat herbei und zog ihn fast ganz erstarrt am Mantelkragen ans Ufer. Am 28. Nov., 11 Uhr Mittags, ordneten sich die Regimenter zum Gefecht. Kaum hatten sie ihre Stellungen eingenommen, als die feindlichen Truppen anrückten und das russische Geschütz auf die ihm gegenüber stehende Ca=

---

*) Ueber die Theilnahme der Großh. Hess. Truppen am russischen Feldzuge vergl. Nr. 355 der Darmst. Zeitung vom 23. Dec. 1857, S. 1867—10.

vallerie ein Kreuzfeuer eröffnete. Ein russisches Infanterie-Regiment debouchirte aus einem kleinen Gehölze und formirte Angesichts einer französischen Batterie ein Viereck. Obrist von Dalwigk chargirte es mit seinen noch zwei Schwadronen starken Garde-Chevauxlegers und wiederholte, als der erste Angriff nicht gelang, denselben in Gemeinschaft mit den badischen Husaren unter Anführung des Obristen Laroche v. Starkenfels, und zwar mit dem glücklichsten Erfolge. Das Viereck wurde durchbrochen und was nicht zusammengehauen, wurde gefangen. Dieser Vortheil ermuthigte die tapfere Cavallerie noch mehr. Sie setzte ihren Angriff, trotz des feindlichen Kanonen- und Kleingewehrfeuers, fort, mußte aber unglücklicher Weise ein schmales Defilé längs einem kleinen Gehölze passiren, welches einen geschlossenen Aufmarsch unmöglich machte. Hinter diesem Gehölze hatte sich eine überlegene russische Cavalleriemasse, meist aus Cürassieren bestehend, in Reserve aufgestellt. Diese warf sich auf die in Unordnung gerathenen, nur noch aus 4 schwachen Schwadronen mit halbverhungerten und ermatteten Pferden bestehenden deutschen Regimenter und nahm den größten Theil dieser braven Truppen im Augenblick, wo sie zerstreut ihren Sieg verfolgten, gefangen. Obrist von Laroche war verwundet. Dem Obristen v. Dalwigk aber, dem eine Kartätschenkugel die Kopfbedeckung gestreift hatte, ohne ihn jedoch zu verletzen, gelang es, etwa 50 Chevauxlegers und Husaren unter dem feindlichen Kanonenfeuer zu sammeln, und mit diesem kleinen Trupp hielt er nicht nur den Feind bis zum Eintritte der Nacht im Zaume, sondern er deckte auch das sächsische Infanterieregiment Low, welches gegen die umherschwärmenden Kosaken ein Viereck formirt hatte.

Graf Segur in seiner Geschichte des Feldzugs der großen Armee vom Jahr 1812 schreibt den eben geschilderten glänzenden Angriff der Cavallerie des 9. Armeecorps der Tapferkeit des Generals Fournier zu, obgleich dieser letztere weder mittelbar, noch unmittelbar daran Theil genommen hatte. — Obrist v. Dalwigk empfing dafür das öffentliche Lob des Herzogs von Belluno und den Orden der Ehrenlegion. — Am 29. Nov. passirte das neunte Armeecorps im Angesichte eines überlegenen Feindes, mit dem es sich 7 Stunden lang siegreich geschlagen hatte, die Beresina. Der Rest der Garde-Chevaurlegers und der badischen Husaren wurde bestimmt, den Dienst im Hauptquartier des Herzogs von Belluno zu versehen. Allein in Ermangelung aller andern Cavallerie wurde derselbe so unaufhörlich zu Patrouillen und Ordonnanzritten verwendet, daß die Mehrzahl bei der schlechten Pflege für Mannschaft und Pferde auf dem Marsche liegen blieb. — Aller militärischer Zusammenhang war aufgelöst. — Obrist von Dalwigk, der schon bei dem Angriffe der Russen auf Lucomla den größten Theil seines Gepäckes und an der Beresina den Rest desselben verloren hatte, setzte mit wenigen Begleitern, unter tausend Mühseligkeiten und Entbehrungen, mit erfrornen Händen und Füßen, den traurigen Marsch fort bis Zembin, wo er S. H. den Prinzen Emil, den er seit der Trennung in Stettin nicht mehr gesehen hatte, wiederfand. Dalwigk sagt in seinen hinterlassenen Papieren: „Dieser junge Prinz, der beinahe dem Ungemach eines gemeinen Soldaten ausgesetzt war und alle Entbehrungen und Strapazen mit großer Geduld und Resignation ertrug, empfing mich mit einer Herzlichkeit, einem Ausdruck der Freude, die mich alle bisher überstandenen Schicksale und Widerwärtigkeiten eines unglücklichen Feldzuges, in welchem ich meine ganze Equipage eingebüßt hatte, einen Augenblick vergessen ließ." — Dalwigk durfte sich dem Hauptquartiere des Prinzen anschließen, und der wohlwollenden Sorge seines erhabenen Chefs dankte er einen großen Theil der Erleichterungen, welche es ihm möglich machten, glücklicher als so viele Andere, sein Vaterland wieder zu erreichen. Nachdem er in Elbing einen heftigen Anfall des Lazarethfiebers überstanden hatte, kam er im Monat Februar des Jahres 1813 nach Darmstadt zurück. — Am 28. Dec. 1813 zum Generalmajor ernannt, erhielt er im Jahr 1814 das Commando über ein aus hessischen Truppen, nebst einer Abtheilung von Kosaken und Kalmucken zusammengesetztes, 2700 Mann starkes Corps, welches einen Theil des zur Blokade von Mainz bestimmten, unter den Befehlen des Herzogs von Sachsen-Coburg stehenden Armeecorps ausmachte. Bei der Besetzung der Festung Mainz commandirte Dalwigk eine Brigade, zu welcher außer den hessischen auch die herzoglich sächsischen und waldeckischen Truppen gehörten. — Am 8. Septbr. 1815 verliehen ihm S. K. H. der Großherzog das Commandeurkreuz 1. Cl. Allerhöchst Ihres Haus- und Verdienstordens mit einem eigenhändigen Schreiben folgenden Inhaltes: „Ich überschicke Ihnen, mein lieber Herr General, das Commandeurkreuz 1. Classe als einen Beweis meiner Dankbarkeit für die mir bewiesenen so ersprießlichen Dienste, und als ein Merkmal meiner Freundschaft." Dalwigk bewahrte diesen Brief stets wie ein Heiligthum. Seine militärische Thätigkeit war von nun an dem Garderegiment Chevauxlegers, dessen zweiter Commandeur unter den obersten Befehlen Sr. Hoheit des Prinzen Emil er bis zum Jahre 1828 blieb, und der Inspection der Gr. Gensdarmerie, welche ihm im Jahre 1821 übertragen worden war, gewidmet. — Eine Sendung nach Cassel im Jahre 1821, um dem Kurfürsten Wilhelm II. zum Antritte seiner Regierung Glück zu wünschen, war für ihn ebenso ehrenvoll als erfreulich. Der Fürst, dessen Dienst er als Cornet verlassen hatte, und vor dem er nun als General wieder erschien, bewies ihm sein besonderes Wohlwollen durch Worte und durch Verleihung des Commandeurkreuzes 1. Cl. des kurhessischen Löwenordens. — Am 14. Juni 1824 wurde Dalwigk zum Generallieutenant ernannt, und am 14. Juni 1827 mit dem Großkreuze des Haus- und Verdienstordens (nunmehrigen Ludewigsordens) geschmückt. Als Generallieutenant hatte er bis zum Jahre 1832 die Auszeichnung, bei den Feldmanövern der Großh. Truppen das eine der beiden manövrirenden Corps anzuführen, während das gegenüberstehende Corps von S. H. dem Prinzen Emil befehligt wurde. — Am 8. April 1840 feierte Dalwigk ein ebenso schönes als seltenes Fest, den Tag, an welchem er vor 50 Jahren in die Dienste des durchlauchtigsten Hauses getreten war, dem er so viele Beweise fürstlicher Gnade und Huld verdankte, und dem er die persönlichste Treue und Hingebung gewidmet hatte. Zahllose Glückwünsche von Einzelnen, wie von Militär- und Civilbehörden, bewiesen die Achtung, welche der Jubelgreis überall genoß, und S. K. H. der Erbgroßherzog geruhten durch einen allerhöchsten Besuch, welchen Sie Ihrem langjährigen und treuen Diener abzustatten die Gnade hatten, (eine Auszeichnung, der bald die Ernennung zu dem Posten eines Gouverneurs der Residenz Darmstadt folgte), den Festtag desselben zu einem hohen Ehrentage zu er-

heben *). — Dalwigk's Zutheilung zum Dienste bei Seiner
Kaiserl. Hoheit dem Großfürsten-Thronfolger von Rußland
während Höchstdessen Aufenthalt in Darmstadt im Sommer
des Jahres 1840, seine im Jahre 1842 erfolgte Ernennung zum Großkreuze des Gr. Philippsordens, welcher die
Ernennung zum Großkreuze des kaiserlich russischen
St. Annenordens vorausgegangen war, waren ebensoviele
Beweise der fortdauernden Huld seines fürstlichen Herrn.
— Dalwigk widmete in den letzten 10 Jahren seines Lebens
seine Musestunden literarischen Arbeiten. Einige historische
Beiträge, namentlich eine Geschichte des Schlosses Lichtenfels im Fürstenthum Walbeck, eine Geschichte seiner Familie
und mehrere militärische Abhandlungen hat er dem Drucke
übergeben. — Die Sommermonate brachte er gewöhnlich
auf seinem Gute Campf im Fürstenthum Walbeck zu, und
die Herstellung der dortigen Kirche, sowie die Gründung
einer Schule in dem freundlichen Dalwigksthal, in dessen
Mitte Campf liegt, ist seinen Bemühungen vorzugsweise
zu danken. — Im April l. J. war er von einer leichten
Unpäßlichkeit befallen worden, die aber keine Besorgnisse
einflößte, weil Dalwigk in der letzten Zeit kräftiger, als
in der vorhergehenden, sogar seine seit einiger Zeit unterbrochenen Spazierritte wieder begonnen hatte. Am 18. April
erwachte er nach einem vollkommen gesunden Schlaf, wollte
an diesem Tage wieder ausgehen und sprach heiter über
verschiedene Gegenstände, als ein Schlagfluß sein Leben
in wenigen Minuten schnell und schmerzlos endete. — Sein
Leichenbegängniß fand mit allen militärischen Ehren statt,

---

*) Man vergleiche Nr. 114 der Großh. Hess. Zeitung vom
24. April 1840.

auf die Dalwigk gerechten Anspruch hatte. Zwei Batterien Artillerie mit 8 Geschützen, 2 Regimenter Infanterie und das Garderegiment Chevaurlegers geleiteten den Sarg, dem S. H. der Erbgroßherzog, S. H. der Prinz Carl, die anwesenden Generale und sämmtliche nicht zum Dienst in den escortirenden Truppenabtheilungen berufenen Officiere folgten. Zwölf Unterofficiere des Regiments, an dessen Spitze Dalwigk einst gefochten hatte, trugen ihren alten Führer zu seiner letzten Ruhestätte. S. H. der Prinz Emil hatten, treu den Gesinnungen, von den Dalwigk so viele unvergeßliche Beweise empfangen hatte, den Oberbefehl der escortirenden Truppen selbst zu übernehmen geruht. Der Ausdruck des Schmerzes dieses erlauchten Waffengefährten und Freundes ehrte den Verstorbenen wie den Lebenden gleich hoch. — Dalwigk's Andenken wird fortleben nicht bloß unter den hessischen Kriegern, denen er 54 Jahre lang angehörte, deren ältester Veteran er war, auch unter Allen, mit denen er in nähere und fernere Berührung kam. Sein biederes ritterliches Wesen, sein gerader offener Sinn, die unerschütterliche Treue, mit der er seinem Fürsten und dessen erhabenem Hause anhing, ohne je Höfling und Schmeichler zu werden, seine Anspruchslosigkeit, seine strenge Rechtlichkeit, die er in jeder Lage seines Lebens bewährte, verbunden mit den aristokratischen Formen und der geselligen Artigkeit eines vergangenen Jahrhunderts machte seine Persönlichkeit zu einer sehr ausgezeichneten. Streng im Dienste, Soldat aus der alten Schule, hing er doch nie pedantisch am Herkömmlichen und unnützen Formen. Er liebte Neuerungen und beförderte sie, wenn er sie bewährt glaubte. Niemand hat ihn je müßig gesehen. Eifrig las und studirte er bis zum letzten Tage seines Lebens die Werke der neueren Literatur, namentlich der militärischen. Eine Pietät für das Andenken des großen Feldherrn, dessen Adlern auch er einst gefolgt war, hat er nie verleugnet. Er war Edelmann im vollen Sinne des Wortes, stolz auf seinen Namen, stolzer darauf, so mancher ausgezeichneten Vorfahren nicht unwürdig zu sein. Aber der Werth, den er auf seine Abstammung legte, machte ihn nie ungerecht gegen persönliches Verdienst, nie minder wohlwollend gegen Alle, nie parthetisch für Ansprüche, die keinen persönlichen Titel aufzuweisen hatten. Darum achtete und liebte ihn Jeder. Man darf mit Wahrheit sagen, daß er keinen Feind hatte. Friede seiner Asche!

Anlage 2.
Die Feier des hundertjährigen Geburtstags Ludewigs I. am 14. Juni 1853.

Die auf dieses merkwürdige Fest bezüglichen Artikel der Darmstädter Zeitung Nr. 163, 164, 173, 178 des Jahrganges 1853 lassen wir, um daraus eine leichtere Uebersicht von dem Verlaufe dieses seltenen Festes zu erhalten, Bezug nehmend auf Das, was wir in der Vorrede über „historische Zeitungsartikel" gesagt haben, in nachstehender Ordnung auf einander folgen: 1) die kirchliche Erinnerungsfeier des großherzogl. Militärs auf dem Exercirplatze, 2) die kirchliche Erinnerungsfeier der Geistlichkeit, Staatsbeamten, des Vorstandes und der Bürger der Residenz Darmstadt, der Corporationen, Schulen und Vereine in der Stadtkirche, 3) die Feier auf dem Lande des Großherzogthums, 4) Einzelnes der Pietät, 5) Gedichte.

1) Die kirchliche Erinnerungsfeier des großherzoglichen Militärs:

Darmstadt, 14. Juni. Zu der von des Großherzogs Königl. Hoheit befohlenen kirchlichen Erinnerungsfeier des heutigen hohen Geburtsfestes des großen Ahnherrn unseres Fürstenhauses, Ludewigs I., versammelten sich früh nach 7 Uhr sämmtliche Truppen der hiesigen Garnison im Waffenschmuck und mit wehenden Fahnen, die berittenen Truppen zu Fuß, auf dem Infanterie-Exercirplatz nächst der Tanne, um im geschlossenen Viereck unter freiem Himmel den Gottesdienst abzuhalten. Das Truppencarré, dessen östliche Seite von einem aus der Infanterie gezogenen Chor kräftiger Männerstimmen und den zur Begleitung des Gesangs vereinigten Regimentsmusiken geschlossen war, faßte den Feldaltar des Geistlichen — einen Erbaufwurf mit Trommelpyramide — sowie die festlich geschmückte Tribüne in sich, welche zur Benützung der Allerhöchsten Herrschaften aufgeschlagen worden war. — Punkt 8 Uhr trafen JJ. KK. HH. der Großherzog und die Großherzogin, erwartet von sämmtlichen in Darmstadt anwesenden Gliedern der Großherzoglichen Familie, auf dem Platze ein und war hierbei das Unterlassen jeder Ehrenbezeigung von Seiten der Truppen Allerhöchsten Orts speciell verfügt worden. Bei dem Gottesdienste folgte dem einleitenden Choral der Musiken das Absingen mehrerer Verse vom Lied 415 des Gesangbuchs, zunächst durch das Sängerchor, sodann aber durch die ganze Militärgemeinde. Garnisonsprediger Sartorius hielt, unter Assistenz des katholischen Pfarrers Krämer und der beiden bei der Militärgemeinde angestellten Freiprediger Thum und Fischer, die Gedächtnißrede in einer der Feier des Tages entsprechenden würdigen Weise. Derselbe führte in kräftiger, schöner Sprache die edlen Regententugenden des in Gott ruhenden Großherzogs Ludewig's I., die verhängnißvolle Epoche Seiner langen, segensreichen Regierung und insbesondere die weise und väterliche Sorge für den damaligen hessischen Soldaten vor Augen, welch letzterer in zuversichtlicher Ergebenheit und Treue an das angestammte Fürstenhaus den Kriegs= herrn durch den Namen ehrte, welchen er sich in den blutigsten Schlachten dieses Jahrhunderts zu erwerben gewußt hat. Der Geistliche wies ferner darauf hin, wie das hessische Truppencorps, geehrt und ausgezeichnet von den größten Feldherren jener großen Zeit, von seinem Regenten Ludewig I. dadurch hoch geachtet wurde, daß Er es in dem schwersten Feldzug dieses Jahrhunderts Seinem hierdurch ebenso geehrten und ausgezeichneten Sohne, dem Prinzen Emil, Großh. Hoh., als Comman= direnden, anvertraute; wie endlich, um nur Eines der edlen Herzensgüte Ludewigs I. zu gedenken, Derselbe Seinen in der englischen Gefangenschaft schmachtenden Kriegern durch wiederholte reiche Sendungen Trost und Hülfe in der Ferne spendete. — Das treffliche Organ des Geistlichen ließ ihn den weiten Raum vollständig beherr= schen, dessen Zuhörer in lautloser Stille der Rede folgten. — Nach dem beendigten Gottesdienste und nachdem die Höchsten Herrschaften den Platz verlassen hatten, ließ der commandirende General, Frhr. v. Schäffer=Bernstein, nach kurzer Anrede an die Truppen, nachstehenden Tagsbefehl, zufolge Allerhöchsten Auftrags, laut vorlesen:

Tagsbefehl. Darmstadt, den 14. Juni 1853. —
Die Gr. Armeedivision hat es mit wärmstem Danke er=

kannt, daß Ihr durch die Allerhöchste Verfügung S. K. H. des Großherzogs an dem heutigen Tage die Gelegenheit gegeben worden ist, die Gefühle der innigsten Pietät für das Andenken an den nun in Gott ruhenden Großherzog Ludewig I., K. H., welchem gerade der hessische Kriegerstand so Vieles und Großes zu danken hat, darlegen zu können. — Wenn wir dem Höchstseligen Großherzog Ludewig I. zum größten Theil den erworbenen Kriegsruhm, sowie die feste Begründung der wahren militärischen Disciplin und durch diese den bewährten, guten Ruf des Hessischen Namens zu verdanken haben, so muß die heutige Feier uns von Neuem lebhaft daran erinnern, wie sehr es unsere erste Pflicht ist, das größte und unschätzbarste Gut des Soldaten, die Reinheit unserer Fahnen, stets zu erhalten und unvermindert unseren Söhnen zu überliefern. — Unerschütterliche Treue, unbedingte Hingebung und Gehorsam sei und bleibe daher unser festes Ziel für alle Zeiten und der Durchlauchtigste Enkel, unser jetziger Allerhöchster Kriegsherr, finde darin die sichere Bürgschaft, daß das hohe Vertrauen, die Liebe und die Sorgfalt, welche auch Er in so hohem Grade Seinen Kriegern zuwendet, mit derselben tiefen Verehrung und unwandelbaren Anhänglichkeit erwiedert wird, die wir heute Allerhöchst Seinem großen Ahnherrn über das Grab hinaus zu beweisen für unsere theure Pflicht erachtet haben. Freiherr von Schäffer-Bernstein, Gen.-Lieut. ꝛc. Armeedivisions-Commandeur.

An diesen Tagesbefehl reihte sich die Verkündigung von Auszeichnungen, welche des Großherzogs Kgl. Hoheit an dem heutigen Tage den nachbenannten Officieren und Unterofficieren verliehen haben; nämlich: das Großkreuz des V.-Ordens Philipps des Großmüthigen: dem General-Lieutenant Wachter, Commandanten der Residenz; — das Commandeurkreuz 1. Cl. des Ludewigsordens: dem Generaladjutanten, Generalmajor v. Trotha, dem Gen.-Major v. Weitershausen, Commandeur der 2. Inf.-Brigade, dem Generalmajor v. Rabenau, Commandeur der 1. Inf.-Brig., dem Geh. Staatsrath Zimmermann, Chef der 2. Section des Kriegsministeriums; — das Comthurkreuz 1. Cl. des V.-O. Philipps des Großmüth.: ben Flügeladjutanten Oberst v. Günderrode u. Camesasca; — das Comthurkreuz 2. Cl. des Ludewigsordens: dem Oberst Klingelhöffer, Commandeur des Garde-Regt.-Chevauxl.; — das Comthurkreuz 2. Cl. des V.-O. Philipps des Großm.: dem Generalquartiermeister Oberst Roth, dem Oberst v. Gehren, Commandeur des 2. Inf.-Regts., dem Oberstlieutenant v. Geyso, Adjutanten Sr. Gr. Hoh. dem Prinzen Emil, dem Major Schleußner, Commandanten zu Babenhausen, dem Major Hermanni, Commandeur des 2. Bats. des 3. Inf.-Regts.; — das Ritterkreuz 1. Cl. des Ludewigsordens: dem Generalaubiteur Hoffmann; — das Ritterkreuz des V.-O. Philipps des Großm.: dem Oberstabsarzt Dr. Neuner, dem Kriegszahlmeister Kriegsrath Dannenberger, dem Stabsquartiermeister Zöller im Gb.-Rgt.-Chevauxl.; — sodann das silberne Kreuz des V.-Os. Philipps des Großm.: den Gardecorporalen Lohfink, Beck I., Borde von der Gb.-Unterof.-Comp., dem Wachtmeister Fischbach vom Gb.-Rgt.-Chevauxl., dem Oberfeldwebel Rudolph vom 1., dem Casernenwärter Vollharb vom 2., dem Unterabjutanten Herbert vom 3., dem Fahnenträger Rühl vom 4. Inf.-Regt., dem ehemaligen Wachtmeister Alt vom

Gr. Art. = Corps. — Den auf dem Platze anwesenden Decorirten wurden die Ordensinsignien sogleich behändigt. Kurz vor Beginn der Feier hatten S. K. H. der Großherzog dem Kr.-Minister, Frhr. v. Schäffer=Bernstein, das Großkreuz des Ludewigsordens mit allerhöchstem Handschreiben zugesendet.

Nach 9 Uhr führte der Gr. Armeedivisionär sämmtliche Truppen, die Waffen nach ihrem Range sich folgend, durch die festlich geschmückte Rheinstraße nach dem Monumentsplatz, wo — nach Abzug der Civilbehörden und Corporationen der Stadt ꝛc. — ein Carré um das Monument in der Art geschlossen wurde, daß die westliche Seite von der Gb=Unterofficiers= und der Pionnier=Compagnie, die nördliche von dem Gb. = Regt. = Chevauxl., die östliche von dem Gr. Artillerie=Corps, die südliche von der 1. Inf.=Brigade gebildet wurde. In dieser Stellung wurde auf das Commando des Armeedivisionärs das Gewehr präsentirt, sämmtliche Tamboure schlugen ein, die Musiken spielten, die Fahnen und Standarten wurden gesenkt und der commandirende General salutirte dem ehernen Standbilde des Gefeierten. — Bei dem Abmarsch von dem Platze defilirten sämmtliche Truppen vor Sr. K. H. dem Großherzog, Höchstwelcher, umgeben von der ganzen Großh. Familie, auf dem Balkon des Palais die Huldigungen ansah und entgegennahm, welche Seinem Hohen Ahnherrn und hierauf Höchstseiner Person dargebracht wurden. Das Defiliren der Truppen vor dem jetzigen Kriegsherrn schloß die militärische Feier des Tages.

2) Die kirchliche Erinnerungsfeier der Geistlichkeit, Staatsbeamten, des Vorstandes und der Bürger der Re-

sibens Darmstadt, der Vereine, der Schulen der beiden christlichen Confessionen und der Israeliten.

Darmstadt, 14. Juni. Die heutige Feier des Tages, an welchem vor 100 Jahren der seit dem 6. April 1830 in Gott ruhende Großherzog Ludewig I. das Licht der Welt erblickte, der 40 Jahre lang den hessischen Thron zierte und lange der Nestor der deutschen Fürsten im wahren Sinne des Wortes war, reiht sich den schönen Ehrentagen in den Annalen dieses Landes würdig an. Es war Bedürfniß der Herzen, diesen Tag in treuer Pietät zu begehen, und gewiß entsprach der Vorstand der Residenzstadt nur den allgemeinen Wünschen, als er einen Aufruf erließ, worin er sagte:

Dem 14. Juni, dem Tage, an welchem vor hundert Jahren der Höchstselige Großherzog Ludewig I. das Licht der Welt erblickte, sieht das ganze Land mit Gefühlen der treuesten Liebe und Verehrung entgegen, welche gerade in Darmstadt ihren lebhaftesten Anklang finden. — Haben Seine Regierungshandlungen die Anerkennung Teutschlands, den Dank aller Hessen gefunden: so ist unsere Stadt es vorzugsweise, in welcher jeder Schritt zur Pietät gegen Ihn mahnt. — Nicht die Ludewigssäule: unsere Stadt ist Sein Monument, Seine Schöpfung. Ein anderes Monument aber ist es, das Er sich in unseren Herzen gesetzt hat. Sowie das Land, so hatten vorzugsweise wir die Gelegenheit, Seine Regentenweisheit und landesväterliche Güte kennen zu lernen und nur der Ausdruck der allgemeinen Stimmung ist es daher, wenn der Stadtvorstand die hiesige Einwohnerschaft durch die Unterzeichneten einladet, sich bei diesem Feste zu betheiligen. Das Fest für einen Todten erheischt keine lärmenden Vergnü=

gungen, das Fest für einen Fürsten von der edlen Einfachheit unseres verewigten Großherzogs keine pomphaften Anstalten: mit unserer Person, mit Zügen der Einwohnerschaft und unserer Kinder, begehen wir das Fest.

Diesem Aufrufe entsprachen die Bewohner der Stadt mit einem Eifer, der bewies, wie sehr er in ihren Gesinnungen und Gefühlen Anklang fand. Trotzdem nur wenige Tage Zeit war, stand die Stadt, namentlich die Straßen, durch welche sich der Zug bewegte, am Tage des Festes schön geschmückt da; hessische Fahnen, Maien, Blumen, Guirlanden, Kränze, Teppiche zierten die Häuser, und vielfach sah man das Bild oder die Büste Großherzogs Ludewigs I. umkränzt aufgestellt. Gegen 9 Uhr bewegte sich ein großer festlicher Zug von dem Marktplatze durch die Rheinstraße nach dem Louisenplatze und stellte sich um die mit Fahnen, Blumen und Eichengewinde geschmückte Ludwigssäule auf. Voran die Jugend aller Schulen der Stadt mit ihren Lehrern, denen auch das Gymnasium, die Real- und Gewerbschule mit ihren Fahnen folgten; dann sämmtliche Staatsbeamten in Galauniform, an der Spitze die Ministerien, die Vorstände der Collegien ꝛc., die Geistlichkeit, der Stadtvorstand und andere Corporationen, wie die Mitglieder des Hoftheaters, Gesangvereine ꝛc., die Zünfte und Gewerbe mit ihren Fahnen und Emblemen, — so daß der sich allmälig anfüllende große schöne Louisenplatz einen wahrhaft malerischen Anblick gewährte. Mehrere Musikchöre, namentlich die trefflichen der österreichischen und der bayerischen Jäger aus Frankfurt spielten während des Zuges und auf dem Platze. Die Allerhöchsten Herrschaften waren mittlerweile von dem Militärgottesdienste auf dem Exercirplatze (s. oben) zurückgekehrt und sahen dem ganzen ergreifenden Acte von dem Balkon des Großherzoglichen Palais zu. Es wurde unter Begleitung der Musik ein eigens für das Fest gedichtetes Gebet gesungen, nach der Melodie: „Großer Gott Dich loben wir" — worauf der Großh. Bürgermeister der Residenz, Hr. Kahlert, folgende Ansprache hielt:

Hochgeehrte Versammlung! Zu der schönen Feier des 100jährigen Gedenkfestes eines großen Verstorbenen haben wir uns hier an der Stelle versammelt, an welcher Sein dankbares Volk Ihm ein Denkmal der Liebe und Verehrung errichtet hat. — Bei diesem feierlichen Anlaß erheben sich unsere Herzen und Stimmen, um an dem großen Tag, wo vor hundert Jahren Ludewig I. das Licht der Welt erblickte, Zeugniß zu geben, wie ein treues Volk das Andenken seiner großen und guten Fürsten liebt und ehrt. — Ludewig I., Großherzog von Hessen und bei Rhein! möge in dieser feierlichen Stunde Dein verklärter Geist Dein Bild umschweben, das Liebe und Dankbarkeit auf diese Säule gestellt; — empfange heute, bei der Erinnerung an die hundertjährige Wiederkehr des Tages Deiner Geburt, die Huldigung unserer Herzen für all das Große und Schöne, dessen Schöpfer Du bist; — die Denkmale Deiner Regententugenden, mit welchen geschmückt Du ein Vater Deines Volkes warst, sie sind unvergänglich in den Herzen Deines Volkes; — sie werden fortleben wie die Gefühle, welche heute Dein Volk, insbesondere uns, die wir in so hohem Grade Dein Wirken empfunden und Deine Wohlthaten empfangen haben, aufs Neue beseelen; blicke mild und segnend herab auf uns und unsere Kinder, die einstigen Träger Deines Ruhms, welche zur Urkund dessen Dein Bild bekränzen; — vernimm mit Wohlgefallen ihre und unsere Stimmen, zum Ausdruck unserer tiefgefühlten Ehrfurcht und Dankbarkeit. — Ludewig I., Dein Andenken lebt unter uns; es lebe fort und fort, von Geschlecht zu Geschlecht. Das walte Gott!

Ein zweites Festlied ward jetzt gesungen, während junge Mädchen der Stadtschulen die Stufen des Denkmals bestiegen, Blumen streuten und dasselbe mit Lorbeerkränzen schmückten — ein tief ergreifender Moment, der Vieler Augen Thränen entlockte. Der Großh. Bürgermeister und die Vorsteher des Festes hatten die Gnade, von den Allerhöchsten Herrschaften im Palais empfangen zu werden, welche sich aufs huldvollste und gerührteste über die schöne Feierlichkeit äußerten, die den treuen Sinn der Residenzbewohner und ihre Pietät für einen unvergeßlichen edlen Fürsten von Neuem bewährte. — Der Zug setzte sich hierauf von dem Louisenplatze vor dem Palais vorbei, wo Ihren Königlichen Hoheiten von den vorüberziehenden Abtheilungen begeisterte Hochs gebracht wurden, in Bewegung, durch die Wilhelminenstraße, die obere Elisabethenstraße, über den Ludwigsplatz, durch die Ludwigsstraße nach der Stadtkirche. — Um 10 Uhr begann der feierliche Gottesdienst, welchem die Allerhöchsten Herrschaften anwohnten. Der Musik-Dilettantenverein, unter Leitung des Herrn Karl Mangold, und die Großh. Hofmusik führten während desselben mehrere religiöse Gesänge, namentlich einen Choral aus Paulus von Mendelssohn-Bartholdy und das Hallelujah von Händel vortrefflich aus, was von tiefergreifender Wirkung und des verklärten Fürsten, dessen Andenken man feierte und der selbst so oft im Leben Hochgenuß in diesen Meisterwerken fand, würdig an. Das Händel'sche

„Hallelujah" reihte sich wahrhaft erhebend an das „Hallelujah" an, womit die feierliche Predigt schloß, in welcher Herr Prälat Dr. Zimmermann das Andenken des großen Fürsten ehrte. Diese Predigt war so schön und warm zu den Herzen bringend, sie sprach so allgemein und tief an, daß wir die bringende Bitte nicht unterdrücken können, sie durch den Druck auch dem größeren Publikum mitzutheilen. Der ganze Gottesdienst war ein wahrhaft erbaulicher, der gar manchem Auge Thränen der Rührung, Verehrung und Dankbarkeit entlockte. — Auch in der katholischen Kirche war zu gleicher Zeit feierliches Hochamt zu Ehren des Tages und in der Synagoge hatte man ebenfalls am Morgen das Fest angemessen gefeiert. — Ueberhaupt wurde der Tag in der ganzen Stadt als ein wirklicher Feiertag begangen. Alle Läden waren geschlossen, alle Geschäfte ruhten, feierliche Ordnung und Stille herrschten, doch sah und hörte man überall Gruppen, namentlich auch von zahlreich herbeigeströmten Landleuten, die deutlich bewiesen, wie das Andenken guter Fürsten gesegnet im Volke lebt. — Ein besonders ergreifender Moment war es, als am Abend gegen 10 Uhr von der Plateforme des Theaters sich feierliche Gesänge zum Himmel erhoben; zugleich erstrahlte dieser Tempel der Kunst, den der erhabene Beschützer derselben so oft im edelsten Sinne des Worts verherrlicht hatte, im bengalischen Feuer, während das colossale Standbild des Verklärten auf der Ludwigssäule in gleichem Lichte erglänzte. Mildes Mondlicht und der Sterne Glanz am hellen Himmel beleuchteten diese Scene, die uns im tiefsten Herzen ergriff. Tausende von Menschen standen in andachtsvoller Stille auf dem geräumigen Platze und wir sind überzeugt, daß sich gar manches herzliche und dankbare Gebet mit dem unsrigen zu dem verklärten Geiste erhob, der nun in dem bessern Jenseits thront!

3) Die Feier auf dem Lande des Großherzogthums.

Darmstadt, im Juni. Wir haben noch einen Rückblick auf das echt vaterländische F e st vom 14. b. M. zu werfen, über dessen würdige Feier in der Residenz, die ein schöner Nachklang zu dem unvergeßlichen Feste vom 25. August 1844 *) war, wir gleich nach demselben ausführlicher berichteten. Es sind uns seitdem auch aus allen Theilen des Landes Berichte zugekommen, die beweisen, daß man es überall mit nicht minderer Verehrung des Andenkens Ludewig's I., des wahren Vaters des Vaterlandes und hochherzigen Wohlthäters Seines Volkes, und mit gleichem Danke gegen den Allmächtigen beging, der vor hundert Jahren Hessen diesen glorreichen Fürsten schenkte. Es ist nicht möglich, hier alle diese einzelnen Berichte anzuführen, die erzählen, wie man diesen festlichen Tag in Mainz, Gießen, Worms, Alsfeld, Lauterbach, Schlitz, Butzbach, Hungen, Bensheim, Seligenstadt, Beerfelden ꝛc. ꝛc. feierte, — selbst in vielen Landgemeinden wie Lampertheim, Wolfskehlen (wo wie am 9. Juni beim Gottesdienste von dem Geistlichen gedichtete, den festlichen Tagen angemessene Lieder gesungen wurden), Roßdorf, Bischofsheim, Oberklingen, Watzenborn und Garbenteich, Wallenrod und Reuters ꝛc. ꝛc. — Das Geläute der Glocken, der Donner der Böller, Musik und feierliche Gesänge, festliche Aufzüge, Parade des Militärs in den

---

*) M. vergl. „die Einweihung des Ludwigs-Monuments." Darmstadt 1844, bei L. Pabst.

Garnisonsstädten, der Schmuck der Blumen, Fahnen und Guirlanden ꝛc. verherrlichten an vielen Orten das Fest, vor allem aber ein erhebender Gottesdienst über den Text: 1. Buch Chron. 18, 8. — „Das Gedächtniß des Gerechten bleibt im Segen" war die Grundidee der Predigten. *) Es lag sehr nahe, die würdigsten und ernstesten Betrachtungen an dieses Fest zu reihen. — Vergleicht man die lange Zeit von vier Jahrzehnten, während deren und zwar zum großen Theil in der sturmvollsten und welterschütterndsten Epoche des verflossenen und des jetzigen Jahrhunderts Ludewig I. den Thron Hessens zierte und das Land durch eine große Reihe der weisesten Gesetze und dessen Zustände verbessernder Einrichtungen beglückte, durch vielfache Fortschritte in allen Zweigen der Verwaltung, in Wissenschaft und Kunst, in Handel und Gewerbe, die Cultur förderte, — vergleicht man jene merkwürdige Zeit eines weisen und geregelten Vorschreitens unter einem kräftigen und milden Regenten mit den traurigen und beklagenswerthen Zuständen, denen die verführerischen Irrlehren der Demagogen später das Volk zuführten und die in den Jahren 1848 und 1849 ihre unvermeidlichen Folgen brachten, deren Nachwehen noch nicht ganz verschwunden sind; so muß man die großen Wohlthaten einer starken und geordneten Regierung unter weisen, edlen und humanen Fürsten, wie sie uns in Ludewig I., Seinem Sohne und Enkel wurden, mit innigem Danke gegen Gott

---

*) Die in der Stadtkirche zu Darmstadt vom Herrn Prälaten Dr. Zimmermann an diesem Tage gehaltene treffliche Predigt ist, wie wir bereits bemerkt, dem deßfallsigen allgemeinen Wunsche entsprechend, seitdem im Drucke erschienen.

erkennen und geloben nur in Ihrem Sinne stets zum wahren Besten des Volkes und Landes zu handeln, jene Abwege überall zu meiden und den sich darauf Verirrenden in echtem Patriotismus entgegenzutreten. Solche und ähnliche Betrachtungen waren es denn auch, die sich in größeren öffentlichen und in engeren Freundeskreisen, die sich in Reden und Toasten vielfach aussprachen und geltend machten an den Festtagen dieses Monats, dem 9.*) und 14. Juni! Mögen sie dauernde Früchte bringen und die Spuren jener Nachwehen der Revolutionsstürme von 1848 ganz verwischen und alle Hessen in treuer Liebe zu Fürst und Vaterland und deren unzertrennlichem Wohle und kräftigem, rastlosen und eifrigen Wirken nur für deren Bestes einen! — Indem wir hier den Geist der stattgehabten Festlichkeiten in allgemeinen Zügen zeichneten, reihen wir hieran das Specielle eines der eingegangenen Berichte, als Beleg, wie auch auf dem Lande das Fest Anklang fand, mit dem alle übrigen im Wesentlichen übereinstimmen, und wählen hierfür einen Ort, an den sich althessische historische Erinnerungen knüpfen.

Romrod, 15. Juni. Wir feierten gestern dahier den 100jährigen Geburtstag des Großherzogs Ludewig I. Am Nachmittag des vorhergehenden Tages wurde, wie

---

*) Auch über die Feier des 9. Juni gingen uns nachträglich noch neue Berichte ein, so aus Biedenkopf, Seligenstadt, Beerfelden, Wettersheim in Rheinhessen, Lampertheim, Bischofsheim ꝛc. ꝛc. ganz im Sinne der bereits mitgetheilten zahlreichen Berichte. — Man rühmt namentlich von verschiedenen Orten, daß das gespannte Verhältniß, welches hier und da noch als Nachwehe von 1848 ꝛc. zurückgeblieben, einem freundlichen Einvernehmen gewichen sei und so das Fest auch in der Beziehung schöne Früchte gebracht habe.

dieses; als Vorfeier kirchlicher Feste üblich, mit allen Glocken geläutet. Am Morgen des Festes versammelten sich sämmtliche Theilnehmer im „Landgrafensaal" des Forsthofs, von wo sich unter Glockengeläute der Festzug in die Kirche bewegte. Es war dieser Zug, wie wir aus unserer Chronik entnehmen, eine genaue Wiederholung früherer festlichen Züge, welche am 1. Juni 1690 (am Sonntage Exaudi) bei Einweihung der von dem Landgrafen Ludwig IV. von Grund aus neu aufgeführten, nach und nach vollendeten und unter Ernst Ludwig geweihten hiesigen Kirche; sodann am 14. Novbr. 1768 bei der Gedächtnißfeier des Todes Ludwig VIII., Großvaters Ludewigs I., dahier stattfanden. Voran ging, in Begleitung ihrer Lehrer, die Schuljugend des Kirchspiels, die Knaben mit weiß und rothen Fähnchen versehen, die Mädchen mit Kränzen geschmückt, dann folgte ein Musikchor, hierauf die schöne städtische Fahne — im Jahre 1754 von fürstlicher Hand gestiftet — von mehreren Fahnen in den Landesfarben umgeben. An die Fahnenbedeckung schloß sich der Geistliche an, welchem in langem Zug die Gemeinde- und öffentlichen Beamten, erstere mit weiß und rothen Schärpen, letztere in großer Uniform, sowie eine sehr große Anzahl Festtheilnehmer aus allen Ständen und Bekenner verschiedener Religionen folgten. Der Weg zur Kirche war zur Seite mit Laubwerk, die Häuser waren mit Fahnen geziert. Das festlich geschmückte Gotteshaus war wahrhaft überfüllt, demungeachtet herrschte die größte Stille während der mehrstündigen kirchlichen Feier und mit Andacht hörte die Gemeinde auf die schöne Festrede ihres Geistlichen. Nach dem Schluß des Gottesdienstes bewegte sich der Zug wieder in oben angegebener Ordnung nach dem Forsthof, wo er sich vorerst auflöste. — Nachmittags 2 Uhr versammelte man sich wieder auf ein mit der Glocke gegebenes Zeichen und zog, in derselben Reihenfolge wie am Vormittag, nach dem Jägerthal, dem Lieblingsaufenthaltsort Ernst Ludwigs und Ludwigs VIII. Hier, an der Stelle, wo unseres jetzigen Großherzogs Kgl. Hoheit am 29. Juli 1846 Allerhöchstselbst eine Gedenktafel aufgerichtet haben, wurde das Nationallied: „Heil unserm Fürsten Heil" ꝛc. gesungen und dem großherzoglichen Haus ein Hoch dargebracht, worauf nach dem nahen Festplatz gezogen wurde, welcher zu diesem Zweck inmitten unserer schönen Waldungen hergerichtet worden war. Der Rest dieses schönen Tages wurde dem Vergnügen, dem Spiel und Tanz gewidmet und an die Schulkinder von Romrod, Liederbach, Niederbreidenbach und Oberbreidenbach Backwerk ausgetheilt. — Abends, nachdem man noch zum Andenken an diesen Tag eine Eiche gepflanzt und solche „Ludwigseiche" benannt hatte, ging der Zug in seiner alten Ordnung wieder nach Romrod zurück, wo vor dem Stadthaus die Theilnehmer sich trennten. — Wir haben dieser Feierlichkeit von Anfang bis zu Ende beigewohnt und müssen bekennen, daß sie uns außerordentlich angesprochen hat. Die vielen, mit rauschendem Beifalle aufgenommenen Toaste, welche theils dem Andenken unserer dahingeschiedenen Fürsten, theils dem jetzigen Großherzoge Kgl. Hoheit und dem ganzen Großherzoglichen Haus dargebracht wurden, kamen aus guten Herzen, und es schien uns nicht anders, als feiere eine große Familie in Eintracht und Liebe ein Fest zu Ehren ihres Vaters und ihrer Ahnen. — Glückliches Land, wo solche Feste gefeiert werden! — Der Stadtvorstand von Romrod hat durch Ver-

dieses; als Vorfeier kirchlicher Feste üblich, mit allen Glocken geläutet. Am Morgen des Festes versammelten sich sämmtliche Theilnehmer im „Landgrafensaal" des Forsthofs, von wo sich unter Glockengeläute der Festzug in die Kirche bewegte. Es war dieser Zug, wie wir aus unserer Chronik entnehmen, eine genaue Wiederholung früherer festlichen Züge, welche am 1. Juni 1690 (am Sonntage Exaudi) bei Einweihung der von dem Landgrafen Ludwig IV. von Grund aus neu aufgeführten, nach und nach vollendeten und unter Ernst Ludwig geweihten hiesigen Kirche; sodann am 14. Novbr. 1768 bei der Gedächtnißfeier des Todes Ludwig VIII., Großvaters Ludewigs I., dahier stattfanden. Voran ging, in Begleitung ihrer Lehrer, die Schuljugend des Kirchspiels, die Knaben mit weiß und rothen Fähnchen versehen, die Mädchen mit Kränzen geschmückt, dann folgte ein Musikchor, hierauf die schöne städtische Fahne — im Jahre 1754 von fürstlicher Hand gestiftet — von mehreren Fahnen in den Landesfarben umgeben. An die Fahnenbedeckung schloß sich der Geistliche an, welchem in langem Zug die Gemeinde- und öffentlichen Beamten, erstere mit weiß und rothen Schärpen, letztere in großer Uniform, sowie eine sehr große Anzahl Festtheilnehmer aus allen Ständen und Bekenner verschiedener Religionen folgten. Der Weg zur Kirche war zur Seite mit Laubwerk, die Häuser waren mit Fahnen geziert. Das festlich geschmückte Gotteshaus war wahrhaft überfüllt, demungeachtet herrschte die größte Stille während der mehrstündigen kirchlichen Feier und mit Andacht hörte die Gemeinde auf die schöne Festrede ihres Geistlichen. Nach dem Schluß des Gottesdienstes bewegte sich der Zug wieder in oben angegebener Ordnung nach dem Forsthof, wo er sich vorerst auflöste. — Nachmittags 2 Uhr versammelte man sich wieder auf ein mit der Glocke gegebenes Zeichen und zog, in derselben Reihenfolge wie am Vormittag, nach dem Jägerthal, dem Lieblingsaufenthaltsort Ernst Ludwigs und Ludwigs VIII. Hier, an der Stelle, wo unseres jetzigen Großherzogs Kgl. Hoheit am 29. Juli 1846 Allerhöchstselbst eine Gedenktafel aufgerichtet haben, wurde das Nationallied: „Heil unserm Fürsten Heil" 2c. gesungen und dem großherzoglichen Haus ein Hoch dargebracht, worauf nach dem nahen Festplatz gezogen wurde, welcher zu diesem Zweck inmitten unserer schönen Waldungen hergerichtet worden war. Der Rest dieses schönen Tages wurde dem Vergnügen, dem Spiel und Tanz gewidmet und an die Schulkinder von Romrod, Lieberbach, Niederbreidenbach und Oberbreidenbach Backwerk ausgetheilt. — Abends, nachdem man noch zum Andenken an diesen Tag eine Eiche gepflanzt und solche „Ludwigseiche" benannt hatte, ging der Zug in seiner alten Ordnung wieder nach Romrod zurück, wo vor dem Stadthaus die Theilnehmer sich trennten. — Wir haben dieser Feierlichkeit von Anfang bis zu Ende beigewohnt und müssen bekennen, daß sie uns außerordentlich angesprochen hat. Die vielen, mit rauschendem Beifalle aufgenommenen Toaste, welche theils dem Andenken unserer dahingeschiedenen Fürsten, theils dem jetzigen Großherzoge Kgl. Hoheit und dem ganzen Großherzoglichen Haus dargebracht wurden, kamen aus guten Herzen, und es schien uns nicht anders, als feiere eine große Familie in Eintracht und Liebe ein Fest zu Ehren ihres Vaters und ihrer Ahnen. — Glückliches Land, wo solche Feste gefeiert werden! — Der Stadtvorstand von Romrod hat durch Veranstaltung dieser Feierlichkeit seine Mitbürger zu Dank verpflichtet!

4) Einzelnes der Pietät.

Zum 100jährigen Geburtstage des Großherzogs Ludewig I.
Am 14. Juni.
(Aus Starkenburg.)

Ueberall regt es sich, den 100jährigen Geburtstag dieses großen Regenten festlich zu begehen. Jeder Geburtstag ist ein Freudentag, dieser Geburtstag aber ein doppelt freudiger, wenn wir erwägen, was Ludewig I. seinem Volke war. Diejenigen, welche persönlich Wohlthaten genossen haben, werden von ihm reden; sie können, sie müssen von ihm reden; denn er war ein milder Geber, ein treuer Vater. Sein Name hat sich in Liebe von Mund zu Mund fortgepflanzt; viele Geschichten von ihm erzählt man mit Lust und Dank. Und so möge denn auch hier ein Zug, ein wohlthätiger Zug aus seinem Leben stehen, eine Thatsache, die dreifache Veranlassung ist, daß eine arme, aber brave Familie den 100jährigen Geburtstag in der Stille, aber mit Herzlichkeit feiern wird. Im Frühling des Jahres 1806 ging Ludewig I. einmal spazieren. Da begegnete ihm ein schlichter Mann, welcher auf dem Messeler Forsthaus fertige Schreinerarbeit abgeliefert hatte und seinem Wohnort Arheilgen zuschritt. Der Fürst läßt sich mit dem Mann in ein Gespräch ein, fragt nach der Herkunft, den Verhältnissen, dem Gewerbe und auch inzwischen nach dem Alter. Sprach der Mann: „Königliche Hoheit, ich bin am 14. Juni 1793 in der und der Stunde geboren." Das ist ja schön; da stehen wir in gleichem

Alter. Erfreut darüber, sprach Ludewig I.: „Bitte Dir eine Gnade aus!" Da der Schreiner gerade im Begriff war, ein neues Haus zu bauen, erbat er sich Bauholz dazu, und wirklich einige Tage nachher bekam er 25 Eichen frei an den betreffenden Ort geliefert und außerdem alle Jahre, so lange er lebte, 2 Klafter Eichen- und 2 Klafter Buchenholz. Das Haus wird jetzt noch von dankbaren Nachkommen bewohnt und auch in Darmstadt ehren Enkel das Andenken dieses hohen Fürsten. Dein Volk aber, geliebter Heimgegangener, ruft Dir Dank nach hinauf in jene reinen Höhen, wo die Töne des Himmels erklingen und die Lobes- und Preiseslieder kein Ende nehmen; Dein Volk singt hierauf (nach der Melodie: „Herzliebster Jesu, was hast Du verbrochen"):

Heil Dir, dem Sel'gen, Du regiertest weise.
Andachtsvoll blicken zum Himmel Deine Kinder,
Danken dem Schöpfer laut für Deine Liebe:
    Hör' Deine Treuen!

Hör' Deine Treuen! Groß ist ihre Liebe.
Gnädiglichst bitten um Segen Deiner Enkel,
Heiß Deine Kämpfer, Gott den Allbarmherz'gen,
    Thränen im Auge.

Hör' unser Flehen, Gott der reinen Liebe!
Heißer entsteigt's jetzt unser Aller Herzen,
Sprich zu dem Bitten, was wir hier erflehen,
    Selbst Du das Amen!

D.   J. S.

Ein Act der Pietät am 13. Juni 1853.
(Eingesendet.)

Unter den festlich geschmückten Häusern der Residenz an diesem feierlichen Tage zeichnete sich die Hof- und Cabinets-Buchdruckerei des Herrn E. Bekker in der Louisenstraße aus. Drei große Fahnen, mit kunstreich gemalten Wappen der Buchdrucker, Gutenbergs — und der Residenz, zierten den ersten Stock. Darunter, im Erdgeschoß, sah man, in einem großen Rahmen von Laubwerk und Blumen, das sehr ähnliche Bildniß Großherzogs Ludewig I., und in einem geschmackvollen großen Kranze, ein wahres Pracht- und Kunstwerk aus dieser Officin, für diesen Tag — in 8 Farben — sehr geschmackvoll auf der Buchdruckerpresse gedruckt. Dieses schöne Bild stellt eine gothische Kapelle, mit gemalten Fenstern und sinnigen Sprüchen reich verzieret, im schönsten Style dar. Eine Reihe schöner Zierbäume gaben dem Schmuck des Hauses einen würdigen Schluß. In der mit Lorbeer-Bäumen und mit Laubwerk, dem schönsten Bilde der Großherzogin Louise und der Statue Gutenbergs geschmückten Thorhalle waren Nachmittags zwei Druckerpressen in voller Thätigkeit. Die eine Presse stammt von Ludwig VIII. und erregte dadurch ganz besonderes Interesse. Auf beiden Maschinen wurden Gedichte und Lieder auf den gefeierten seligen Regenten gedruckt und unter die heranströmende Menge vertheilt. — Dergleichen sind schlagende Beweise biederer Gesinnungen und treuer Anhänglichkeit an das Regentenhaus. Es ist dies nicht das erste Mal, daß Herr Bekker durch solche patriotische Anstalten seine Gesinnungen bethätigt und sich die freundliche Anerkennung erworben hat.

5) Gedichte.
Erinnerung an Ludewig den Ersten und seine Werke.
(Melodie: »Heil unser'm Fürsten Heil«.)

Gott, Ehre, Vaterland!
Für sie in Lieb' entbrannt,
Lasset uns sein,
Stets uns ihr Geist umschweb'
Ihnen zu dienen streb'
Jeder nur Ihnen leb'
Lauter und rein!

Gott, Ehre, Vaterland!
Sei stets das heil'ge Band,
Das uns umschling'!
Diesem Gelübde treu
Fern aller Heuchelei,
Jeder sein Leben weih'
Hoch wie gering!

Gott, Ehre, Vaterland!
Nicht blos zu ird'schem Tand
Gott uns erschuf!
Jeder, wer er auch sei,
Lebe stets pflichtgetreu,
Von falschem Stolze frei
Seinem Beruf!

Gott, Ehre, Vaterland!
Stets unter Gottes Hand
Werden wir steh'n!
So wir nur ihm vertrau'n
Immer auf ihn nur schau'n,
Wenn unser Werk wir bau'n,
Segen ersteh'n.

Gott, Ehre, Vaterland!
Wohl uns, wenn wir erkannt,
Das ihr es seid,
Die unser's Lebens Glück,
In Freud, in Mißgeschick
Gründen im Augenblick,
In Ewigkeit!

Gott, Ehre, Vaterland!
Stets bis zum Grabesrand,
Leucht' uns als Stern!
Seid unser Schild und Stab!
Scheint uns noch über'm Grab!
Sinkt auch der Leib hinab,
Neu sproßt der Kern!

Gott, Ehre, Vaterland!
Für sie in Lieb' entbrannt,
Sei unser Geist!
Staub mag zu Staub vergeh'n,
Entschwebt zu Himmelshöh'n,
Fortleben, Auferfteh'n
Gott ihm verheißt!

Er, der den Spruch uns gab,
Als er den Herrscherstab
Führte so mild,
Er lebt im Segen fort,
Ist unser's Staates Hort;
Sein uns gegeb'nes Wort
Werd' stets erfüllt!

Ludwig den Ersten preis't,
Ihn, als verklärten Geist!
Was Er verlieh'
Bild' stets der Liebe Pfand
Enkeln von Ihm entstammt;
Im deutschen Vaterland
Hessen stets blüh'!

Zur Feier des hundertsten Geburtstages des höchstseligen Großherzogs Ludewig I.
(Aus Oberhessen.)

Was edle Männer Großes einst gethan,
Wirkt segnend fort für aller Zeit Geschlechter,
Lud'wig der Erste brach die große Bahn —
War Glaubens Hort, des Fortschritts Schutz,
    des Rechtes treuer Wächter.

In Thatendrang schlug hoch sein warmes Herz,
Ideenvoll für alles Gut' und Schöne.
Ein Denkmal spricht's, erbaut aus Stein und Erz;
Doch lauter sagt's das dankbar' Herz
    der treuen Hessen Söhne.

Des ew'gen Lebens Kron' trägst ewig Du
O sel'ger Geist nun in den lichten Höhen!
Die Palme grünt! Dein großes Werk nimmt zu,
Denn Ludewig der Dritte will
    in Deinem Geiste gehen.

G.   F. B.

Am 100sten Geburtstage des in Gott seligen Großherzogs, Ludewig I. Königliche Hoheit.
(Aus Rheinhessen.)

Auf zu Dir in Gottes Reiche,
Hochbeseligter zu Dir,
Unser frommes Danklied steige,
Das beglücket bringen wir.

Wenn auch unserm Kreis entrücket,
Dich der Himmel längst schon trägt,
Deines Lebens Frucht beglücket,
Wessen Herz für's Edle schlägt.

Kunst und Wissenschaft und Leben
Gabst Du einen neuen Lauf;
Unter Deinem weisen Streben
Blühte Alles kräftig auf.

Dank, o Dank! Mit tausend Zungen
Preisen Deinen Segen wir,
Und, wenn einst wir ausgerungen,
Unsre Liebe lebet Dir.

Pf.   B.

Aus dem Kreise Offenbach, 14. Juni. Wir theilten neulich mit, wie in der Gemeinde Egelsbach die religiöse Feier des 9. Juni durch einen eigenen Festgesang verherrlicht wurde. Es möge hier auch das Gebet einen Platz finden, gedichtet für die heutige kirchliche Feier jener Gemeinde des 100jährigen Jubiläums der Geburt des Großherzogs Ludewig I.:

Wenn die Sonne nieder ist gesunken,
Leuchtet noch das blaue Himmelszelt,
Das die goldnen Saaten hat getrunken
Und der Mond von ihrem Glanz erhellt.
So strahlt noch des edlen Fürsten Tugend,
Wenn sein Leib im stillen Grabe ruht,
Strahlt als Vorbild einer frommen Jugend
Und gibt ihr zum Guten Kraft und Muth.
So gedenken wir auch dankbar heute
Ludewigs an dem geweihten Ort',
Den in's Dasein rief, zu Hessens Freude,
Einst, vor hundert Jahren, Herr, Dein Wort!
Lass' sein grosses Licht der Nachwelt leuchten,
Wenn schon längst entschwunden unsre Zeit,
Und lass' Thränen stets sein Grab befeuchten
    Aus dem Born der Lieb' und Dankbarkeit!

Den Manen

Ludewig's I., Großherzogs von Hessen und bei Rhein ꝛc.

zur Feier des hundertjährigen Jubiläums seiner Geburt am 14. Juni 1853.

Dank Gott! der weis' der Völker Schicksal lenket,
   Dank, heißer Dank, sei heute ihm gebracht;
Der uns vor hundert Jahren reich beschenket,
   Und neu bekundet seine Größ' und Macht,
Indem er seinen Gnadenblick gesenket,
   Auf Ihn, der heut dem Licht entgegen lacht' —
Der Ludewig, noch eh' Er ward geboren,
Zu seinem liebsten Sohne sich erkoren!

Begrüßt den Tag im Jubel hoher Freude,
   Und feiert froh mit Dankgebeten ihn,
Der Klang der Lieder trag' es in die Weite,
   Noch weiter als durch Hessens Gauen hin,
Daß Gott uns einst — am hundertjähr'gen Heute —
   Den besten Vater-Segen hat verlieh'n,
Indem er Lud'wig rief in's junge Leben,
Dem Hessen-Stamme neuen Glanz zu geben!

Wollt ihr den Zeitenraum mit mir ermessen,
   In welchem Lud'wig lebte, edel, mild,
Müßt ihr der Gegenwart Gewühl vergessen,
   Entrollen ferner Jahre wechselnd Bild;
Wo eine Geistesströmung sich vermessen
   Erhob und blutig fast die Welt erfüllt;
Wo wir gesehen mächt'ge Throne wanken,
Wo alte Reiche morsch in Trümmer sanken!

Wo wieder — dieſen Zeiten Geiſt zu dämpfen —
   Entſtieg im Weſt ein leuchtend Meteor,
Das nun die Welt durchzog mit blut'gen Kämpfen,
   Wie ſie die Erde nie geſehn zuvor;
Und das, nach ſchweren Zuckungen und Krämpfen,
   Sich ſtill im fels'gen Eiland ſich verlor;
Wollt Lud'wigs Bild ihr echt und wahr erſchauen,
So werft den Blick in jene Zeit voll Grauen!

Selbſt damals, als des Krieges heiße Gluthen,
   Sich feſſellos gewälzt durchs Vaterland,
Und als dort in der Bereſina Fluthen
   Und an der Moskwa und des Tajo Strand
Sein treues Heer, — ſo in des Südens Gluthen,
   Wie nord'ſcher Kält' — den Tod der Ehre fand,
Da zeigte ſich des Hohen Geiſtes Stärke,
Da fand Er Zeit für echte Friedens-Werke! —

Die Muſen flüchteten zu ſeinem Throne
   Und fanden hier das freundlichſte Aſyl;
Daß man in Seiner Nähe freundlich wohne,
   Erweitert Er die Stadt im ſchönſten Styl;
Bei Ihm entgeht kein ſtill Verdienſt dem Lohne,
   Es aufzufinden bleibt Sein erſtes Ziel;
Was Ludewig in ſchwerer Zeit begonnen,
Hat fortzuſetzen Muſe Er gewonnen!

Denn holder Friede lächelt endlich wieder
   Dem lang und ſchwer bedrängten Vaterland,
Euterpe, Göttin der Muſik und Lieder,
   Hier bleibend eine heil'ge Stätte fand;
Im ſchönſten Tempel läßt ſie nun ſich nieder,
   Der würdig nur durch Lud'wigs Huld erſtand;
Zum Großen, das der Töne Meiſter ſchufen,
Ward nun der Freund aus weitem Kreis gerufen!

Indeſſen dieſes Tempels Ruhm im lauten,
   Gerechten Ruf die Künſtlerwelt erfüllt,

Sich rasch erhob ein Kreis erhab'ner Bauten,
　Der Darmstadt schuf zum schönsten Städte-Bund.
Sehn wir den, mit des Staates Wohl vertrauten,
　Gerechten Fürsten in Gesetzen, mild'
Und weis' — wie sie dem edlen Lud'wig gleichen —
Nur streben Seines Volk's Wohl zu erreichen.

Was Edles Er dem Volke auch gegeben,
　Das immer Ihm gereichen wird zum Ruhm,
Vor Allem ragt hervor in Seinem Leben,
　Sein Grundgesetz — des Volks Palladium!
Von echter Fürsten-Weisheit eingegeben,
　Gestützt auf treues Volks- und Bürgerthum; —
Der schönste Edelstein in Seiner Krone,
Die beste Säule unter Seinem Throne!

O! möchte man doch nimmer es vergessen,
　Was Ludewig in diesem Kleinod gab:
„Gleich vor'm Gesetz sind alle Meine Hessen,
　„Den Druck der Frohnden nehm' Ich Ihnen ab;
„Beamten-Willkür soll sich nicht vermessen,
　„Noch Gutsherrn Laun', zu schmälern diese Gab'!
„Der Landmann selbst soll seinen Fleiß genießen,
„Nur mäß'ge Steuern in den Staatsschatz fließen!"

Was Großes je aus Fürsten-Huld geflossen,
　Es ward geübt von unserem Ludewig;
Kein Bittender fand je Sein Ohr verschlossen,
　Dem Unrecht nur verschloß Sein Busen sich;
Dem Wohl des Staats weiht er sich unverdrossen,
　Bis Ihn — zu unserem Schmerz! — der Tod beschlich!
Dem Edelen ging nie ein Tag verloren,
Der nicht ein Wohl dem treuen Volk geboren!

Wie hoch erhaben und wie groß Sein Streben,
　Wie herrlich Er sich als Regent bewies,
So liebt' Er Einfachheit in Seinem Leben;
　Wenn Er im schlichten Wagen den Palast verließ

Sich hauptentblößt zum stillen Forst begeben,
  Den Er Sich schuf zu einem Paradies,
Dann grüßt' Er, wie ein Vater, mild und bieder
Die Ihn Begrüßenden entgegen wieder!

So war Sein Bild, das ich in schwachen Zügen,
  Mit treuem Griffel hier Euch vorgeführt,
Wie manchen Zug könnt' ich hinzu noch fügen,
  Den besser die Geschichte einst berührt;
Sie wird die Nachwelt sicher nicht belügen,
  Wenn sie den Edlen mit dem Spruche ziert:
„Der Fürsten Zier und Seines Volkes Vater,
„Der Künste Freund, der Dürft'gen Schutz und Rather!"

Drum flossen reich des treuen Volkes Thränen,
  Als sich Sein Geist dem Irdischen entrückt,
Drum zeigte sich das allgemeine Sehnen,
  Als bald Sein Standbild unsre Stadt geschmückt,
Zu dem sein Scherflein, unter Freudenthränen,
  Der Arme wie der Reiche einst geschickt;
Das man nicht schuf, um Seinen Ruhm zu mehren,
Man schuf es nur, um sich in Ihm zu ehren! —

Und als die Hülle fiel, wie edel schauten
  Die Züge auf ein freudig Volk herab
Und auf den weiten Kreis erhabener Bauten,
  Denen Sein Schutz und Schirm einst Dasein gab; —
Den würd'gen Sohn, der wieder Ihn im trauten
  Familienkreise froh bewegt umgab! —
Nach Darmstadt mußte man in jenen Tagen gehen,
Um Volkes-Lieb und Fürstentreu zu sehen! —

Blick LUDEWIG, wir stehen tief gerühret,
  Dein Volk stets aus den Höhen gnädig an;
Vergiß der Zeit, wo es vom Wahn verführet,
  Im Taumel nicht gewußt, was es gethan;

Laß immerdar, von Deinem Geist geführet,
Beschreiten seine Fürsten ihre Bahn; —
Dir gleich zu sein in Ihrem Thun und Leben,
Laß alle wie Dein edler Enkel streben! —

Anlage 3.

Die Feier der 50. Wiederkehr des Jahrestages (18. August 1806), an welchem Ludewig I. die Treue und Tapferkeit seiner Truppen durch Ehrenbenennungen belohnte.
18. August 1856.

Dieses erhabene Fest wird in der Darmst. Zeitung Nr. 223, 231 und 232 des Jahrgangs 1856 ausführlich beschrieben, wie folgt:

Darmstadt, 11. August. Am 18. d. M. wird die Großherzogliche Armeedivision die 50. Wiederkehr des Jahrestages feiern, an welchem Se. Kgl. Hoheit der Höchstselige Großherzog Ludewig I. sich bewogen gefunden hat, die Treue und Tapferkeit seiner Truppen durch Herausgabe der nachstehenden Ordre zu belohnen und den einzelnen Abtheilungen derselben Benennungen zu ertheilen, welche sie in schwerer Zeit ruhmvoll getragen haben. — Se. Kgl. Hoh. der Großherzog beabsichtigen an diesem Tage Allerhöchst Ihr Officierscorps um sich zu versammeln und wünschen, daß sich auch die Herrn Generale und Officiere der Suite und des Pensionsstandes, sowie diejenigen früheren Officiere, welche in den Civilstand übergetreten sind oder aufgehört haben, dem hessischen Dienste anzugehören, bei dieser Feier betheiligen. Seine Excellenz der Herr Kriegsminister Frhr. v. Schäffer-Bernstein hat die betr. Personen hiervon durch besondere Schreiben in Kenntniß gesetzt.

Parolebefehl am 18. August 1806. Das 1. und 2. Bataillon Leibregiment wird zum 1. und 2. Bataillon Leibgarde; das 1. und 2. Bataillon Landgraf zum 1. und 2. Bataillon Leibregiment; das bisherige Füsilierbataillon der Leibbrigade zum Garde=Füsilierbataillon; die bisherigen Füsilierbataillons der Brigade Landgraf und Erbprinz werden zum 1. und 2. Leib=Füsilierbataillon ernannt. Diese Ernennungen gebe ich diesen Bataillons als ein Zeichen meiner besonderen Zufriedenheit über den im letzten Kriege bei verschiedenen Gelegenheiten bezeugten besondern Muth und Tapferkeit; ich hoffe, daß bei zukünftigen Gelegenheiten sie sich doppelt beeifern werden, ihren alten Ruhm beizubehalten und noch zu vergrößern. Aus diesem nämlichen Grund wird das Regiment Chevaurlegers zum Garde=Chevaurlegers=Regiment und das Artillerie=Corps zum Großherzoglichen Artillerie=Corps ernannt.

Darmstadt, den 18. August 1806.

Ludewig.

Darmstadt, 18. August. Fünfzig Jahre sind verflossen, seitdem Seine Königliche Hoheit der höchstselige Großherzog Ludewig I. sich bewogen gefunden hat, die Treue und Tapferkeit seiner Truppen durch Herausgabe der nachstehenden Allerhöchsten Ordre zu belohnen und den einzelnen Abtheilungen derselben Benennungen zu ertheilen, welche sie in schwerer Zeit ruhmvoll getragen und somit der Erwartung des verewigten Kriegsherrn entsprochen haben:

Folgendes ist bei der Parole bekannt zu machen:

Das 1. und 2. Bataillon Leibregiment wird zum 1. und 2. Bataillon Leib=Garde; das 1. und 2. Bataillon Landgraf zum 1. und 2. Bataillon Leib=Regiment; das bisherige Füsilier=Bataillon der Leib=Brigade zum Garde=Füsilier=Bataillon; die bisherigen Füsilier=Bataillons der Brigade Landgraf und Erbprinz werden zum 1. und 2. Leib=Füsilier=Bataillon ernannt. Diese Ernennungen gebe ich diesen Bataillons als ein Zeichen meiner besonderen Zufriedenheit, über den im letzten Kriege bei verschiedenen Gelegenheiten bezeugten besonderen Muth und Tapferkeit; ich hoffe, daß bei zukünftigen Gelegenheiten sie sich doppelt beeifern werden, ihren alten Ruhm beizubehalten und noch zu vergrößern. Aus diesem nämlichen Grund wird das Regiment Chevauxlegers zum Garde=Chevauxlegers=Regiment und das Artillerie=Corps zum Großherzoglichen Artillerie=Corps ernannt.

Darmstadt, den 18. August 1806.

Ludewig.

Seine Königliche Hoheit der regierende Großherzog, jene von seinem erlauchten Ahnen verliehene Auszeichnung würdigend, fand sich nun Allergnädigst bewogen, seiner Höchsteigenen Anerkennung der Treue und Hingebung, mit welcher die Großherzoglichen Truppen den Ruhm des Hessischen Namens während des abgelaufenen prüfungs=reichen Halbjahrhunderts bewahrt haben, einen öffentlichen Ausdruck zu geben, und verordnete in Folge dieses Aller=höchsten Willens, daß der 18. August von der ganzen Armeedivision in den Garnisonen und Stationen als ein Festtag begangen werde. Zu dem Ende rückten sämmtliche Regimenter, Corps und detachirte Abtheilungen am Mor=

gen des Festtages in ihren Casernen mit den Fahnen aus, wo ihnen unter den Waffen die obige Ordre vom J. 1806, sowie der nachstehende Befehl Seiner Königlichen Hoheit vorgelesen und den Soldaten die Bedeutung des ehrenden, jedes treue Soldatenherz erhebenden fürstlichen Ausspruches ans Herz gelegt wurde. Mit dreifachem Lebehoch auf den erhabenen Kriegsherrn schloß diese einfache, aber würdige militärische Feier.

Darmstadt, den 18. August 1856. Vor fünfzig Jahren an dem heutigen Tage haben mein Herr Großvater, des Höchstseligen Großherzogs Ludewig I. Königl. Hoh., Sich bewogen gefunden, durch eigenhändigen Parolebefehl den Regimentern und Corps die dankbare Anerkennung ihres Höchsten Kriegsherrn für die von ihnen bei allen früheren Gelegenheiten bewiesenen Tapferkeit und Muth zu erkennen zu geben. Allen Truppentheilen, bei welchen das nach den schon bestehenden Bezeichnungen zulässig war, wurden damals die ehrenden Benennungen verliehen, welche dieselben von da an mit Auszeichnung geführt haben. — Nachdem sich nun Meine braven Truppen in dem Verlaufe dieses halben Jahrhunderts unausgesetzt auf dem Wege der Ehre durch Treue, Tapferkeit und willigste Hingebung für Fürst und Vaterland bewährt und somit den Erwartungen Meines Ahnen, glorreichen Andenkens, im vollsten Maße entsprochen haben, will Ich den heutigen Tag nicht vorübergehen lassen, ohne denselben Meiner Armeedivision in Erinnerung gebracht zu haben. Ich ergreife gern diese für Mich so befriedigende Veranlassung, allen, allen Regimentern und Corps heute auch Meinen Dank für die seit jener Zeit überall und kräftig bethätigte vortreffliche Gesinnung und Haltung mit der ganzen Wohlgewogenheit und innigen Zuneigung auszusprechen, welche Ich denselben von ganzem Herzen zugewendet habe. — Ich halte Mich fest überzeugt, daß, wie Ich es heute thue, alle Meine Nachfolger in der Regierung bis in die fernste Zeit und mit derselben freudigen Zuversicht stets ihre treuen Truppen zu beloben haben, und diese niemals in dem rühmlichen Eifer ermüden werden, sich überall des Hessischen Namens, ihrer Fahnen und der Väter würdig zu erweisen. — Ich befehle schließlich, daß der Höchste Parole=befehl vom 18. August 1806 den Truppen in geeigneter Weise mit Meinem heutigen Befehle unter den Waffen vorgelesen und der heutige Tag in allen Regimentern und Corps und ebenso bei den detachirten Commando's als ein Tag der Feier begangen werden soll.

Ludwig.

Nachmittags waren sämmtliche Generale und Stabs=Officiere, eine angemessene Anzahl der übrigen Officiers=grade und der Militärbeamten aller Branchen der Armee=Division zur Großherzoglichen Tafel geladen, für welche Seine Königl. Hoheit das geräumige Orangeriegebäude in Bessungen auf eine der Feier würdige Weise hatte ein=richten lassen. Um der Erinnerung an eine ereignißreiche vergangene Zeit die rechte Bedeutung zu geben, hatte Se. Königliche Hoheit den Allerhöchsten Wunsch ausgesprochen, daß auch die Herren Generale und Officiere der Suite, des Pensionsstandes, sowie diejenigen früheren Officiere, welche in den Civilstand übergetreten sind, oder aufgehört haben, dem Hessischen Dienste anzugehören, bei der Feier sich betheiligen, und war in Folge ergangener Einladung eine bedeutende Anzahl dieser Herren, zum Theil aus fernen Gegenden, erschienen und zur Tafel gezogen.

Um 8 Uhr empfing das bereits im Orangeriegarten in der Zahl von 200 Personen versammelte Officiercorps, die in der Residenz anwesenden Prinzen des Hauses an der Spitze, Seine Königliche Hoheit den Großherzog. Allerhöchstderselbe nahm gleich darauf die Vorstellung der fremden Gäste mit der wohlthuendsten Herablassung und dem sichtbaren Interesse für die einzelnen Persönlichkeiten entgegen, mit welchem er die Herzen so leicht zu gewinnen weiß, und ließ dann in den Festsaal eintreten.

Die Ausschmückung desselben war eine so überraschende, geschmackvoll, sinnreich und künstlerisch ausgeführte, und hat eine solche allgemeine Anerkennung gefunden, daß wir uns nicht enthalten können, eine Skizze davon zu versuchen. Das Innere bildet bei einer Höhe von 36 Fuß ein Rechteck von 50 Schritt Länge und 20 Schritt Tiefe, ist seinem ursprünglichen Zwecke entsprechend auf der südlichen Längenseite mit hohen Fenstern versehen und auf den beiden kurzen Seiten ganz einfach im französischen Style bis zur halben Saalhöhe überbaut. Dagegen ließen die hohen, glatten, außer einem einfachen Deckfries jedes Profils entbehrenden Saalwände dem Decorateur einen großen Spielraum, den man namentlich in der Art trefflich benutzt hatte, daß die Rundbogen der Fenster der südlichen Front und diesen entsprechend auch die anderen Wände durch Laubgewinde zu gothischen Spitzbögen umgeschaffen wurden, deren obere Füllungen eine bunte Reihe in Guirlanden ausgeführter Rosetten bildeten. Den Plafond schlossen Festons, die, von den Spitzbögen nach der Mitte geführt, eine zeltartige Decke bildeten und zugleich in der Weise verbunden und mit farbigen Rosetten geschlossen waren, daß dadurch zu den gothischen Seitenwänden ein schlankes

Kreuzgewölbe stylgerecht angedeutet wurde. Die Vorräume, welche durch die mittelst Säulen gestützten Ueberbauungen der schmalen Seiten bestehen, waren mit reichen Draperien abgeschlossen, der östliche zugleich zu einem Salon für Seine Königliche Hoheit den Großherzog umgeschaffen worden. — Dieser grüne Rahmen mit seinem kühn geschwungenen Laubdache umschloß nun, der hohen militärischen Bedeutung des Festtages entsprechend, eine Reihe kriegerischer Trophäen und Waffengruppirungen, zu deren Ausführung die Rüstkammer des Großh. Zeughauses und Museums ein reiches Material geliefert hatten. — Als brillanter Mittelpunkt der ganzen Saaldecoration schloß die westliche Wand, dem Entrée Seiner Königlichen Hoheit gegenüber, eine Haupttrophäe, deren 3 Fuß hohes Postament zwei sechspfünder Kanonen und einen 60pfündigen Mörser trug, über welchen sich ein Fächer von früher im Dienste geführten Bataillonsfahnen ausbreitete, dessen Kern das Großherzogliche Hauswappen und dessen obere Krone das Großkreuz des Ludewigsordens bildete, welches letztere in Form einer Klingensonne ausgeführt war. — Die Zwischenräume füllten Pyramiden von Gewehren, Trommeln, Kugeln zc. In der Trophäe prangte in erhabenen Goldziffern die Jahreszahl 1806. — Die nördliche, dem Haupteingange gegenüberstehende Längenseite zeigte in ihren Wandnischen in 8 Gruppirungen eine vollständige Waffengeschichte, beginnend mit einer Zusammenstellung der Rüststücke und Waffen, welche die Sammlungen des Großh. Museums aus der ältesten Zeit des Germanen= und Ritterthums aufbewahrt haben. Die zweite und dritte Trophäe zeigte die Entwickelung und Glanzperiode des Mittelalters in einer Composition der interessantesten und charakteristisch=

sten Originalwaffen und Rüstungsstücke, welche das Großh. Museum zur Disposition stellen konnte. Die 4. Gruppirung vertrat die Uebergangsperiode zu den Waffen der Neuzeit und zeigte Sturmhaube, Armbrust und Radschloß-Arkebuse des deutschen Lanzknechts. Hieran reiht die 5. Gruppe die Equipirung des Pirmasenser Grenadiers in echten Original= stücken aus des Großherzogs höchsteigener Privatsammlung, — die 6. die Bewaffnung der Großherzogl. Infanterie und Cavallerie vom Jahre 1806, jedenfalls die für das Fest bedeutsamste Trophäe und in ihrer frischen Lorbeerbekrän= zung eine unerschöpfliche Fülle von Erinnerungen für Alle umschließend, die jene sturm= und drangvolle Kriegsperiode durchgefochten. — Die beiden letzten Waffengruppirungen gaben in zwei reich ausgestatteten Bildern eine interessante Vergleichung der Veränderungen, welche das letzte Decen= nium der hessischen Armeedivision gebracht hat. — Die südliche Längenseite, die Fensterfront des Saales, trug an ihren Pfeilern die Ausrüstungsstücke der verschiedenen Trup= pengattungen der Armeedivision. Der Garbeunterofficier, Pionnier, Cavallerist, reitende Artillerist, Fußartillerist, Infanterist, Scharfschütze und Militärarbeiter, sowie die Militärmusik waren den genannten Gruppirungen der an= deren Seite gegenüber vertreten. — Sämmtliche Wand= Embleme umschloß ein frischer Fichtenkranz; die Zwischen= räume trugen coulissenartig aufgesteckte Fahnen in den Landesfarben; zwei Fahnen an der nördlichen Saalthüre wurden von zwei Reiterfiguren getragen, die auf Trag= steinen standen und über deren Helmen sich gothische, in Fichten und Taxus ausgeführte schlanke Spitzdächer erhoben.

Während der Tafel erhob Sich Seine Königliche Hoheit und sprach die Versammlung mit den Worten an:

Ich trinke auf das Wohl Meiner Armeedivision und freue Mich, sie in ihren älteren und jüngeren Bestandtheilen heute so zahlreich um Mich versammelt zu sehen.

Bald darauf wendete sich Se. Exc. der Herr Kriegsminister und Commandeur der Großherzogl. Armeedivision Generallieutenant Freiherr von Schäffer-Bernstein an Seine Königliche Hoheit den Großherzog, Höchstdemselben mit den folgenden, nicht ohne Rührung gesprochenen Worten dankend:

Euere Königliche Hoheit bitte ich, gnädigst zu gestatten, daß ich im Namen der Großherzoglichen Armeedivision, sowie der vielen würdigen Männer, welche früher die Ehre hatten, derselben anzugehören, dem wärmsten und innigsten Danke Worte leihe für dieses schöne Fest der Erinnerung, welches uns heute um die Allerhöchste Person versammelt. — Die erhebenden Worte, welche uns der Zufriedenheit und des Wohlwollens unseres Höchsten Kriegsherrn versichern, klingen tief in den Herzen aller Hessischen Krieger vom Ersten bis zum Letzten nach, und sie werden die jungen Soldaten, unsere Söhne, anfeuern, sich einst das gleiche Glück zu verdienen, welches uns heute zu Theil wird. — Gott schütze ferner Hessen, sein hohes Fürstenhaus und seine treuen Krieger! — Sr. K. H. dem Großherzog ein dreifaches Hoch!

Mit Begeisterung stimmte die Versammlung in die aus den Herzen Aller gesprochenen Worte und auf das Wohl des erhabenen Kriegsherrn ein, — in jedem Gesichtszuge waren Freude, Jubel und Rührung unverkennbar zu lesen. — Einige Minuten nach diesem Acte der Verehrung erhob sich S. K. H. der Großherzog nochmals mit den Worten:

Auf das Wohl Seiner Majestät des Kaisers von Oesterreich, welcher heute in sein 27. Lebensjahr tritt!

zu welchen die Versammlung mit einem dreifachen, donnernden Hoch einstimmte.

Während des ganzen Festdiners spielten die Musiken des Gardregiments Chevauxlegers, des Großh. Artillerie-corps und der beiden in der Residenz garnisonirenden Regimenter der 1. Inf.-Brigade abwechselnd die ausgewähltesten Musikstücke.

Nach aufgehobener Tafel gaben Seine Königliche Hoheit durch Allerhöchst Ihre im Orangeriegarten bis nach 6 Uhr andauernde Anwesenheit den Gliedern der Versammlung die angenehme Gelegenheit, die Freuden der Begrüßung und des Wiedersehens treuer Waffengefährten zu genießen, deren Befriedigung die Zeit vor der Versammlung nicht gewähren konnte. Durch Production von Trommelmärschen mit der Instrumentalzusammensetzung vergangener Zeitperioden mußten Seine Königliche Hoheit die Reminiscenzen der älteren Glieder der Versammlung belebend zu erregen, und durch freundliche und huldreiche Unterhaltung mit seinen Gästen das Fest in einer Ungezwungenheit und Gemüthlichkeit zu erhalten, daß es Allen, die daran Theil zu nehmen die Ehre hatten, unvergeßlich bleiben wird. — Nach 6 Uhr entfernte Sich Seine Königliche Hoheit und trennte sich die Versammlung mit den besten Wünschen für den verehrten, geliebten Kriegsherrn in der heitersten Laune, um sich in den Stuben des Abends theilweise wieder zu finden und die schöne Feier des Tages in echt kameradschaftlicher Weise zu beschließen.

Um auch den Soldaten einen wahrhaft frohen Tag zu bereiten, waren den Regimentern und Corps aus besonderer Verwilligung Mittel dargeboten worden, die Unterofficiere und Soldaten gegen Abend mit Speise und Wein zu bewirthen; auch sollte kein Anstand erhoben werden, wenn durch Musik, Tanz und Spiel unter Beobachtung der gehörigen Zucht und Ordnung das Fest zu verherrlichen beliebt werden wollte. Die Officiere der Abtheilungen wohnten diesen Acten des Festes bei. Seine Excellenz der Herr Kriegsminister begab sich am Abende in die sämmtlichen Kasernen und deren zur Feier eingerichteten, geschmückten Localitäten und hatte Ursache, mit den Anordnungen und Ausführungen der fröhlich belebten Abtheilungen Zufriedenheit und Beifall auszudrücken.

Das schöne Fest am 18. d. hatte am folgenden Abende noch als Nachfeier eine Anzahl alter Officiere, welche den Feldzügen in Rußland oder Spanien beigewohnt, auf der Ludwigshöhe versammelt. Es waren ihrer 15, darunter auch ein braver Kamerad aus dem Jahre 1813, welcher später in k. preußische Dienste übergetreten war, als das Herzogthum Westphalen an Preußen fiel. Auch S. Exc. der Herr Kriegsminister Generallieutenant Frhr. v. Schäffer-Bernstein wohnte der Versammlung bei; er ist wohl der einzige Officier, welcher beiden Feldzügen, den Extremen der großartigen kriegerischen Operationen jener Zeit, in Spanien und Rußland, zugleich beigewohnt hat. Die Gesellschaft blieb bis zur Nacht in gemüthlicher Unterhaltung und lebhafter Erinnerung treuer Waffengenossenschaft beisammen. — In den auswärtigen Garnisonen wurde der 18. Aug., wie schon berichtet, auch festlich begangen. So meldet man aus Worms, daß das 3. Inf.=Regiment in der Frühe in Parade ausrückte, wobei ihm der mitgetheilte Parolebefehl bekannt gegeben wurde. Nachmittags wurden die Mannschaften in den Kasernen bewirthet und vergnügten sich bis in die Nacht bei Musik, Tanz und Gesang. — Aehnlich zu Offenbach; hier spielte die Militärmusik in der „Felsenburg", und es vergnügten sich dabei die Soldaten, welche eine Gratification erhalten hatten.

Anlage 4.
Die Feier des 50jährigen Bestehens des Großherzoglichen zweiten Infanterie=Regiments zu Friedberg am 17. Juni 1863.

Die Darmstädter Zeitung vom Jahre 1863 Nr. 169 gibt eine Geschichte dieses Regiments und die Beschreibung seines Jubilarfestes wie folgt:

Friedberg, den 18. Juni 1863. Am gestrigen Tage wurde in hiesiger Stadt ein Fest von seltener Bedeutung gefeiert — das 50jährige Bestehen des Großh. II. Inf.=Regiments. Obgleich die Errichtung dieses Regiments erst am 17. Juni 1813 aus den zu einem provisorischen leichten Infanterieregiment vereinigten Gardefüsilier= und 1. Leibfüsilier=Bataillonen stattfand und am 29. Juni desselben verhängnißvollen Jahres in dem Lager von Lüben vollzogen wurde, so bestanden doch die einzelnen Theile desselben schon früher und hatten bereits eine reiche und rühmliche Vergangenheit hinter sich. — Unter dem Namen „leichtes Infanteriebataillon" nahm das 1. Bataillon 1792 und 1793 mit Auszeichnung an den Feldzügen am Main und Mittelrhein gegen die Franzosen und an der Belagerung und Einnahme von Mainz Theil.

Seine größten Lorbeeren errang jedoch dieses Bataillon erst in den Jahren 1793 bis 1795 in den Niederlanden, wo es außer den Gefechten bei Harlebecke, Courtray, Ingelmünster, Bousbecke, Roosbecke, Beveren, Strybecke, Hoogstraaten, namentlich in dem blutigen Gefechte bei Bortel, am 14. Septbr. 1794, sich in einem Grade auszeichnete, daß es die Aufmerksamkeit und Bewunderung des englischen Oberfeldherrn ganz besonders auf sich lenkte und rühmend in dem Schlachtberichte erwähnt wurde. Erst vor wenigen Wochen empfing das Grab die irdischen Reste des letzten Veteranen*) aus diesen blutigen Tagen, einer der bewährtesten und tapfersten Officiere unserer Truppen, der bei Bortel seine erste Wunde erhielt und dessen Name in den Annalen des Regiments sowohl, als auch in dem Andenken seiner hinterlassenen Kameraden eine bleibende Stätte gefunden hat.

Nach der Rückkehr aus den Niederlanden erhielt das 1. Bataillon Darmstadt als Garnison angewiesen, von wo es jedoch bald 1796 nach Triest und Croatien, bis 1797, ausmarschirte.

Die erste kriegerische Thätigkeit des 2. Bataillons fällt in die Jahre 1806 und 1807, wo es, wie auch das 1. Bataillon, der Schlacht von Jena und der Belagerung von

---

*) Generallieutenant v. Carlsen.

Graudenz und Stralsund beiwohnte. Mit den hessischen Truppen gemeinschaftlich nahmen dann beide Bataillone an den Feldzügen in Oesterreich 1809 Theil, wo sie den Gefechten bei Efferding den 2., Ebersberg den 3. Mai, Engerau den 1. und 3. Juni, sowie der Belagerung von Raab vom 16. bis 22. Juni, der Schlacht von Wagram am 5. und 6. und dem Gefechte bei Znaym am 11. Juli beiwohnten.

Ganz besonders glänzt aber der Name der damaligen Füsiliere in dem furchtbaren Verhängniß, welches 1812 über Napoleon I. hereinbrach. Nachdem dieselben die Gefechte bei Wileyka am 4., Slowotka am 8., Wilna am 9. Dec. 1812 bestanden, rettete ihre Unerschrockenheit und Kaltblütigkeit die Artillerie bei dem Uebergange über den Riemen bei Kowno den 13. Decbr. Noch leben viele Veteranen aus jener denkwürdigen Zeit und wir dürfen mit Bestimmtheit hoffen, daß ihr Beispiel und ihr Andenken noch in ihren Kindern und Enkeln einen fortwährenden Trieb zur Nacheiferung rege erhalten wird. Nachdem die Füsiliere am 13. Januar 1813 dem Gefechte bei Dirschau beigewohnt, finden wir den der Vernichtung entronnenen Rest derselben zuletzt, und bis zum Schlachttage bei Lützen, allein bei der Armee im Feld.

Schon am 22. Febr. 1812 wurden beide Bataillone in dem Marschquartiere Braunschweig zu einem provisorischen leichten Infanterie = Regimente vereinigt und waren auch als solches am 2. Mai bei Lützen und am 21. Mai 1813 bei Bautzen thätig. Unter dem Namen Garde= Füsilier=Regiment finden wir dieselben erst, nachdem am 29. Juni im Lager von Lüben der vom 17. Juni datirte

Tagesbefehl vollzogen worden war, der wörtlich also lautet:

„Des Großherzogs Königliche Hoheit haben, um dem im vorigen Feldzug zu einem provisorischen leichten Infanterie-Regiment vereinigten Garbefüsilier- und Leibfüsilier-Bataillon Hochdero Zufriedenheit zu bezeugen, diese beiden Bataillone zu einem wirklichen leichten Regiment unter dem Namen Garbefüsilierregiment erhoben."

An der Völkerschlacht von Leipzig vom 16. bis 19. Oct. 1813 nahm nur das 1. Bataillon des Regiments Theil, da das 2. Bataillon bis 25. Nov. d. J. in dem belagerten Torgau eingeschlossen war.

Nachdem Deutschland von den drückenden Fesseln der Fremdherrschaft befreit war, finden wir das Regiment während der Feldzüge 1814 und 1815 in Frankreich bei den Gefechten von Rheinzabern am 23. und Straßburg am 28. Juni 1815 mit Erfolg gegen die letzten Trümmer der napoleonischen Herrschaft im Kampfe.

Seit jener Zeit war den hessischen Truppen keine Gelegenheit geboten, gegen einen auswärtigen Feind Proben ihrer vielbewährten Tapferkeit abzulegen. Daß dieselben aber, trotz eines langjährigen Friedens „die volle Erbschaft ihrer Väter in jeder militärischen Tugend" treu bewahrt hatten, haben sie während der traurigen Jahre 1848 und 1849 in den Gefechten von Freiburg, Hemsbach, Weinheim, Käferthal und Gernsbach, sowie bei Erstürmung der Frankfurter Barrikaden, thatsächlich bewiesen, und in gerechter Anerkennung dieses Verdienstes konnte das Regiment in den Worten des Allerhöchsten Tagsbefehls vom 25. August 1849: „Sie haben sich um das hessische, wie um das ganze deutsche Vaterland wohl verdient gemacht", eine Anerkennung seiner Leistungen finden.

Wir schreiten von diesem kurzen historischen Rückblicke auf die Vergangenheit des Regiments zur eigentlichen Beschreibung des Jubilarfestes.

Schon am 15. früh Morgens langten Seine Königliche Hoheit der Großherzog hier an und wurden von den Spitzen der Civil- und Militärbehörden, sowie von dem gesammten Stadtrath an dem Bahnhofe empfangen, worauf Allerhöchstdieselben durch die Hauptstraßen der festlich geschmückten Stadt in das Burggrafiat fuhren. — Der 2. Inhaber des Regiments, der wegen seiner in den Feldzügen im Kaukasus und in den Schlachten von Montebello und Solferino bewiesenen Umsicht und Tapferkeit auch außerhalb unseres engeren Vaterlandes vielgerühmte Prinz Alexander von Hessen Großherzogliche Hoheit trafen am folgenden Abende hier ein.

Am Morgen des festlichen Tages um 9 Uhr begab sich der Regiments-Commandeur Oberst Wilkens in das Burggrafiat, um sowohl Sr. Kgl. Hoh. dem Großherzog, als Sr. Großh. Hoheit dem Prinzen Alexander im Namen des Officiercorps die Ihnen von demselben gewidmeten Albums zu überreichen.

Jedes dieser geschmackvoll gearbeiteten Bücher ist mit einem aus der kunstgeübten Hand des Gr. Hauptmanns Hahn hervorgegangenen und sowohl in der Composition, als in der Zeichnung meisterhaft ausgeführten Titelblatt versehen, auf welchem, umgeben und durchflochten von sinnig angebrachten Arabesken, mit Darstellungen aus der Regimentsgeschichte und den beiden Garnisonsstädten, die Widmung eingeschrieben steht. Die beiden Albums enthalten die photographischen Bildnisse der zur Zeit in dem Regiment dienenden Officiere.

Am 17. Vormittags 10 Uhr traf das 1. Bataillon, nebst den Scharfschützen und Infanteriepionnieren des Regiments, aus ihren respectiven Garnisonen Offenbach und Darmstadt mit dem Bahnzuge hier ein, vereinigten sich bei ihrem Marsche durch die festlich geschmückte Stadt an dem Burgthore mit dem 2. Bataillon, und marschirte alsdann das ganze Regiment mit klingendem Spiele auf die nahe gelegene Seewiese, woselbst es sich zur Revue aufstellte. — Eine zahllose Menschenmenge, die aus allen Theilen der Provinz zu dem Feste herbeigeströmt war, folgte diesem Marsche. Leider hatte sich unterdessen ein heftiger Gewitterregen eingestellt und fanden Sich Seine Königliche Hoheit der Großherzog hierdurch veranlaßt, das Regiment von seinem Aufstellungsplatze zurückzuberufen.

Bevor jedoch das Regiment den Rückmarsch zur Stadt antrat, wurde ihm von seinem Commandeur nachfolgender Allerhöchster Tagesbefehl bekannt gegeben:

„Heute sind es 50 Jahre, daß Mein in Gott ruhender Herr Großvater, Großherzog Ludewig I. Königliche Hoheit, Sich in Gnaden bewogen gefunden haben, das seit dem 22. Februar 1812 zu einem provisorischen leichten Infanterie-Regiment vereinigte Gardefüsilierbataillon und 1. Leibfüsilierbataillon in Anerkennung der bei dem Beginn des Feldzugs von 1813 und in den denkwürdigen vorausgegangenen Feldzügen bewiesenen Tapferkeit und Hingebung zu einem wirklichen leichten Regiment unter dem Namen: „Gardefüsilierregiment" zu erheben. — Das Regiment hat sich dieser Gnade in den darauf folgenden Kriegs- und Friedensjahren gleich würdig gezeigt. — Ich wähle den heutigen Tag, um dem Regiment, das nun Meinen Namen führt, ein Zeichen Meines besonderen Wohlwollens zu geben und dasselbe durch ein Andenken zu ehren. — Die Fahnen, welche seit fast 50 Jahren dem

Regiment angehören und Zeugen seiner Hingebung in Kriegs= und Friedensjahren sind, soll ein Band schmücken, welches, mit Zuversicht spreche Ich es aus, die Treue und Tapferkeit des Regiments fest an Mich und an die heute von Meiner Hand gezierten Fahnen kettet.

Ludwig."

Nach Verlauf von etwa einer Stunde hatte der Himmel sich so aufgehellt, daß das Regiment in einem nach dem Thore des Burggrafiats offenen Carré sich auf= stellen und von S. Kgl. Hoh. dem Großherzog und seinem 2. Inhaber inspicirt werden konnte. Einen denkwürdigen Act in der Geschichte des Regiments bildet die hierauf erfolgte Verleihung von zwei weißen seidenen, mit Silber reich gestickten und dem Großherzoglichen Wappen ver= sehenen Bändern, welche S. K. H. der Großherzog Höchst eigenhändig an die beiden Fahnen der Bataillone befestigten. Hierauf wurde Allerhöchstdenselben von dem Commandeur, dem Großh. Oberst Wilkens, mit kurzen Worten im Namen des Regiments der Dank für die hohe Gnade ausgesprochen und mit einem dreimaligen donnernden „Hoch" auf Seine Königliche Hoheit diese Feier nach stattgehabtem Vorbei= marsch beschlossen.

Die Mannschaft des Regiments versammelte sich nun zum fröhlichen Mahle in dem Hofe der Burgkaserne. Mit= ten unter den jungen Kriegern gewahrte man eine kleine Schaar von Greisen. Es waren die Veteranen des Regi= ments, die während der napoleonischen Kriege in den Reihen desselben gefochten, und die die Zahl der Jahre, welche auf ihnen lastet, nicht zurückgehalten hatte, auf die Kunde von diesem Feste zu ihren alten Fahnen zu eilen. Von den Officieren, welche zur Zeit der Erhebung des Regiments zum Gardefüsilierregiment demselben angehörten, sind nur

noch wenige am Leben. Es sind die Generallieutenants
v. Wachter, v. Weitershausen, Freiherr v. Norbeck zur
Rabenau, Generalmajor Gräcmann, die Obersten Wester=
weller von Anthoni, Schleußner, Gräff, Oberstlieutenant
Reil, Major Fels, Hauptmann Asmus, Generalstabsarzt
Dr. Neuner und Oberstabsarzt Dr. Zöll. — Leider
waren von diesen nur sechs bei dem Feste anwesend, da
den Zurückgebliebenen ihr Gesundheitszustand eine Reise
nicht erlaubte.

S. K. H. der Großherzog erschienen in Begleitung
des Prinzen Alexander, Großherzogliche Hoheit, während
gespeist wurde, im Kasernenhof, durchschritten alle durch die
Tische gebildeten Gassen und unterhielten sich namentlich
mit den Veteranen aufs Gnädigste. Als der älteste Un=
terofficier des Regiments das Wohl Sr. Königlichen Hoheit
ausbrachte, erscholl ein dreimaliges begeistertes „Hoch" aus
dem Munde der Soldaten. Musik und Gesänge würzten
dieses fröhliche Mahl.

An der Großh. Hoftafel, zu welcher sämmtliche an=
wesende Officiere und Militärbeamten befohlen waren, brachte
Se. Königliche Hoheit einen Toast auf das Seinen Namen
führende 2. Infanterieregiment aus, worauf S. Gr. H. der
Prinz Alexander, als 2. Inhaber, dem erhabenen Kriegs=
herrn den Dank des Regiments in ergreifenden Worten
aussprach und ein dreimaliges Hoch auf Allerhöchstbenselben
ausbrachte.

Unter den belebenden Klängen der Regimentsmusik
defilirte Abends 6 Uhr beim Abmarsch zum Bahnhof das
1. Bataillon nebst den Scharfschützen und Infanteriepion=
nieren des Regiments vor Sr. Großherzoglichen Hoheit dem
Prinzen Alexander.

Der heitere Geist, welcher das ganze Fest durchdrungen, machte sich noch bei der Abfahrt in den fröhlichen Gesängen der Mannschaft geltend. Möge derselbe im Verein mit der Treue an das angestammte Fürstenhaus und erprobten Tapferkeit in dem Regimente stets fortleben und dieser denkwürdige Tag seine Angehörigen in der Stunde der Gefahr, an die ruhmreiche Vergangenheit desselben erinnernd, zur Nacheiferung anspornen.

In der Darmstädter Zeitung von 1863 Nr. 178 finden wir noch folgende Notiz:

Außer den im Berichte über die Feier des 50jährigen Jubiläums genannten noch lebenden Veteranen, welche in diesem Regimente dienten, lebt wohl der Aelteste von Allen, Hauptmann S t u t z e r, dermalen zu Gernsheim, geboren 1771, also 92 Jahre alt. Er trat 1789 in den Militärdienst, wurde 1792 am 28. April Lieutenant, den 6. Mai 1793 Oberlieutenant, 3. Januar 1795 Hauptmann und am 10. März 1806 beabschiedet. Hauptmann Stutzer stand zuerst im leichten Infanterieregiment, modo 1799 2. Füsilierbataillon, modo 1803 Füsilierbataillon der Leibgarde, modo 1806 Gardefüsilierbataillon. Der verstorbene Generallieutenant v. Carlsen war also der zweitälteste Veteran der hessischen Truppen, stand in Stutzers Compagnie und übernahm diese im J. 1808.

Anlage 5.
Die Feier des 50jährigen Jubiläums der Fahnenweihe des großh. 4. Infanterieregiments bezüglich auf diesem Regimente bei seiner Neubildung den 31. Juli 1814 von Ludewig I. verliehenen neuen Fahnen.

Die Darmst. Ztg. Nr. 214 des Jahrgangs 1864 beschreibt dieses Fest wie folgt:

D a r m s t a d t, 1. August. Gestern wurde dahier ein schönes militärisches Fest gefeiert — das 50jährige Jubiläum der Fahnenweihe des Großh. 4. Infanterie-Regiments.

Seine Königliche Hoheit der Großherzog hatten in Bezug auf diese Feier folgenden Allerhöchsten Befehl zu erlassen geruht:

An das Kriegsministerium. In ehrender Anerkennung der Treue und Hingebung, mit welcher Mein 4. Infanterie-Regiment die ihm am 31. Juli 1814 bei seiner Neubildung durch S. K. H. den Großherzog Ludewig I. verliehenen neuen Fahnen durch alle Stürme dieser so vielfach bewegten Zeit 50 Jahre lang in ehrenhafter Weise geführt und bewacht hat, habe Ich diesen Fahnen, wie den Fahnen Meiner drei anderen Infanterie-Regimenter, zum bleibenden Andenken das Felddienstzeichen am Bande verliehen. Ich bestimme nun, daß diese Fahnen am 31. Juli 1864, als am Jahrestage ihrer Weihe, mit dem Felddienstzeichen geschmückt werden.

Der erste Inhaber Meines 4. Infanterie-Regiments General der Infanterie Prinz Carl von Hessen, Großherzogliche Hoheit, wird an dem genannten Tage Vormittags ½10 Uhr in dem Palais Seiner Großherzoglichen Hoheit das Felddienstzeichen eigenhändig an die Fahnen heften. Ich vertraue auf Mein 4. Infanterie-Regiment, daß es fortfahren wird, die so geschmückten Fahnen wie bisher zu ehren.

Bei dieser feierlichen Handlung sollen der Kriegsminister, als zweiter Inhaber des Regiments, der Regimentscommandeur und die Stabsofficiere des Regiments, mit dem Regimentsadjutanten zugegen sein.

Die Leibcompagnie des Regiments steht vor dem Palais Seiner Großherzoglichen Hoheit des Prinzen Carl aufmarschirt, empfängt die mit dem Felddienstzeichen geschmückten Fahnen und bringt sie dem im Hoftheatergarten ausgerückten Regiment.

Darmstadt, den 26. Juli 1864. Ludwig.

Diesem Allerhöchsten Erlasse gemäß wurde die Feierlichkeit am Sonntag den 31. Juli vollzogen. — Nachmittags hatten die Stabsofficiere des Regiments, wie die Generale und Obersten die Ehre, zur Großherzoglichen Tafel gezogen zu werden.

Anlage 6.
Die Ludwigshöhe bei Darmstadt.

Ueber die Entstehung des Namens dieser reizenden Waldhöhe gibt folgender Artikel der Darmstädter Zeitung von 1864 Nr. 164 Aufschluß:

Die älteren deutschen Städte hatten meistens ihre unvergänglichen und vergänglichen Wahrzeichen. Die ersteren bildeten und bilden noch Kirchen und Thürme, Kunstdenkmäler, einzelne alte Gebäude, die letzteren originelle Käuze und Charactere. Die vergänglichen Wahrzeichen weisen indessen heutzutage nicht mehr die Originalität, das drollige und liebenswürdige auf, wie die früheren Zeiten. Wer könnte auch nur annähernd heute in Darmstadt originelle Käuze wie weiland Butterweck, den Benedict, den „scheppen" Kirchhöfer ersetzen, der schon, nicht wie Faust seine Seele, sondern zur Ehre des materialistisch gesinnten Zeitalters schon bei Lebzeiten gegen eine gute Leibrente seinen seltsam verwachsenen Körper an eine Anatomie verkauft hatte!

Unter den unvergänglichen Wahrzeichen steht immer noch unser zopfiger Stadtthurm, das Glockenspiel und in neuerer Zeit die Ludwigssäule in erster Linie. Alle aber übertrifft gewiß in der Erinnerung jedes Darmstädters, namentlich auch eines jeden Fremden, der Darmstadt und seine (in Murray's Handbook for travellers in Germany als „traurige Sandebene") so viel verschrieene romantische Umgegend besucht hat, die Ludwigshöhe, und mit Recht. Wie reizend ist eine Wanderung aus der Stadt durch Bessungen und dessen schön gehaltenen Garten mit dem großen Gewächshause und seiner beinahe beständigen frischen Blumenausstellung, dann unter Kastanien, Nuß- oder Obstbäumen durch wallende Saatfelder nach dem Gipfel des mäßig aufsteigenden Hügels mit seiner kräftigen Bewaldung und seinen schönen schattigen Waldwegen. Und hier die wahrhaft überraschenden großartigen Fernsichten nach Norden, über die sich weithin streckende Stadt bis zu den blauen Höhen des Taunus, welche die Künstler, die in Rom waren, gern und mit Recht mit der Campagna bi Roma vergleichen, nach Westen zu die vielfach unterbrochenen Silberstreifen des Vaters Rhein mit Worms, Oppenheim und Mainz,

dann nach Süden in die reizende Bergstraße mit den Villen
und Schlössern zu Seeheim und Jugenheim, dem Franken=
stein und Malchenberg. Wahrlich ein solcher Gang in jeder
Jahreszeit, eine solche Aus= und Fernsicht ist lohnend und
gräbt sich tief in die Erinnerung des fremden Beschauers
ein, wie da viele Briefe jährlich aus allen Theilen der
Welt neu und frisch bezeugen.

Wir wollen hier kurz erwähnen, wie dieser so weithin
bekannte und verehrte Waldkopf seinen geehrten Namen
erhielt, der einen „Frei" zum Hüter hat. Sein Taufpathe
war eine ganze Gemeinde, oder eigentlich zwei, Darmstadt
und Bessungen, welche aus dankbarer Gesinnung für den
neu geöffneten, nie verwelkenden Naturgenuß dem Hügel
den Namen „Ludwigshöhe" nach dem Schöpfer der Anlage,
dem Großherzog Ludewig I., gaben.

Im Anfang September 1816 ritt ein noch unter uns
lebender Mann, der als Soldat von seinem 15. Lebens=
jahre an die weite Welt gesehen, und erfahren hatte, was
Naturschönheit ist, mit seinem schmucken Rößlein spazieren
und folgte dem Fußpfad nach dieser Höhe. Nach kurzem
Aufsteigen zeigte sich links ein fast unwegsamer Pfad, den
der Reiter einschlug, und, weiter bergansteigend, durch
niedriges Unterholz und dichtes Gestrüpp an einen Stein=
bruch gelangte, welchen das Pferd nur mit Mühe durch=
und überschritt. Oben hielt er vor einer wahrhaft pracht=
vollen Buche still, mit schlankem, hohem Schafte, in deren
glatten Rinde die Worte: „Hier, o Wandrer, stehe still!"
eingeschnitten waren. Der Vernarbung der Rinde nach zu
urtheilen, waren diese Worte zierlich und mit Sorgfalt
etwa zwei Jahre früher eingeschnitten worden.

Da der Wald damals bei manchen schönen Hochstäm=
men noch niedrig war, so gewährte die sich bietende Rund=
und Fernsicht einen hohen Genuß und der entzückte Reiter
fühlte sich von dem herrlichen Panorama so angezogen,
daß er nun täglich, selbst im Winter, diesen Punkt so an=
haltend besuchte, daß seine argwöhnischen Bekannten ein
romantisches „Stelldichein" daselbst vermutheten, und ihm
im nächsten Jahre, da er seine Ritte fortsetzte, ohne sein
Vorwissen folgten und sich nun überzeugten, daß es nur
sein lebendiger Sinn für die schöne Natur gewesen, der

ihn dahin führte. Von nun an ließen sie ihn mit der spöttelnden Bemerkung: „Gönnt ihm seine Eigenheiten" ruhig gewähren.

Im Frühling 1818 hörte eine dem Großherzog Ludewig I. nahestehende fürstliche Persönlichkeit von diesem beständigen Besuche unseres Reiters sprechen und machte dem hohen Naturfreunde, der schon damals seine Droschkenfahrten im Freien zu jeder Tageszeit unternahm, davon Anzeige, der nun einen Fahrweg anzulegen befahl, und dann, nachdem er sich selbst durch den Augenschein von der Schönheit des Punktes überzeugt hatte, sehr häufig jenen Punkt zum Ziel seiner Spazierfahrten machte.

Mit dem fürstlichen Besuche kam auch die Wanderung nach der Höhe in Aufnahme; sie erhielt den Namen und ward Mode, aber eine Mode, die glücklicherweise nie veralten kann und wird. Als unser Reiter und Columbus, der Entdecker dieser neuen Welt, nach zweijährigem Aufenthalt im Süden Frankreichs und Italiens im Herbst 1822 nach Darmstadt zurückgekehrt war, eilte er nach seinem reizenden Bergplätzchen; aber siehe, die prachtvolle Buche, diese Zierde des Waldes, die da geprangt, wo jetzt noch eine Art Laube von Hainbuchen mit der Aussicht nach Westen sich vorfindet, war leider der Axt zum Opfer gefallen. Doch an der Stelle, wo der Baum mit seiner Inschrift: „Hier, o Wandrer, stehe still!" vielleicht nur höchst selten einen einsamen Wanderer an den schönsten Naturgenuß gemahnt, entzückte nun täglich die Naturschönheit Hunderte von Menschen.

Am 29. October 1829 gegen Abend fuhr Ludewig I. nach seiner Höhe und ließ auf dem Vorberge nach Süden, da, wo jetzt der Marientempel steht, stille halten und erwartete den Leichenzug seiner Gemahlin, der Großherzogin Louise. Als dieser bei Fackelschein aus der Bickenbacher Tanne hervorkam, fuhr er auf die Landstraße nach Eberstadt herab, ließ den Zug an sich vorüberziehen und schloß sich demselben bis zur Stadt an. — Dies war das letzte Mal, daß Ludewig I. seine geliebte Höhe besuchte!